KB250381

섬광의
세이버

이민섭 퓨전 판타지 소설
FUSION FANTASY STORY

섬광의 세이버 1

이민섭 퓨전 판타지 소설

초판 1쇄 찍은 날 § 2012년 7월 24일
초판 1쇄 펴낸 날 § 2012년 7월 31일

지은이 § 이민섭
펴낸이 § 서경석

편집부장 § 권태완
편집책임 § 박우진
본문 디자인 § 이혜정

펴낸곳 § 도서출판 청어람
등록번호 § 제1081-1-89호
등록일자 § 1999. 5. 31
어람번호 § 제1-1429호

주소 § 경기도 부천시 원미구 심곡2동 163-2 서경B/D 3F (우) 420-822
전화 § 032-656-4452   팩스 § 032-656-4453
http://www.chungeoram.com
E-mail § chungeorambook@daum.net

ⓒ 이민섭, 2012

ISBN 978-89-251 2949-5 04810
ISBN 978-89-251-2948-8 (세트)

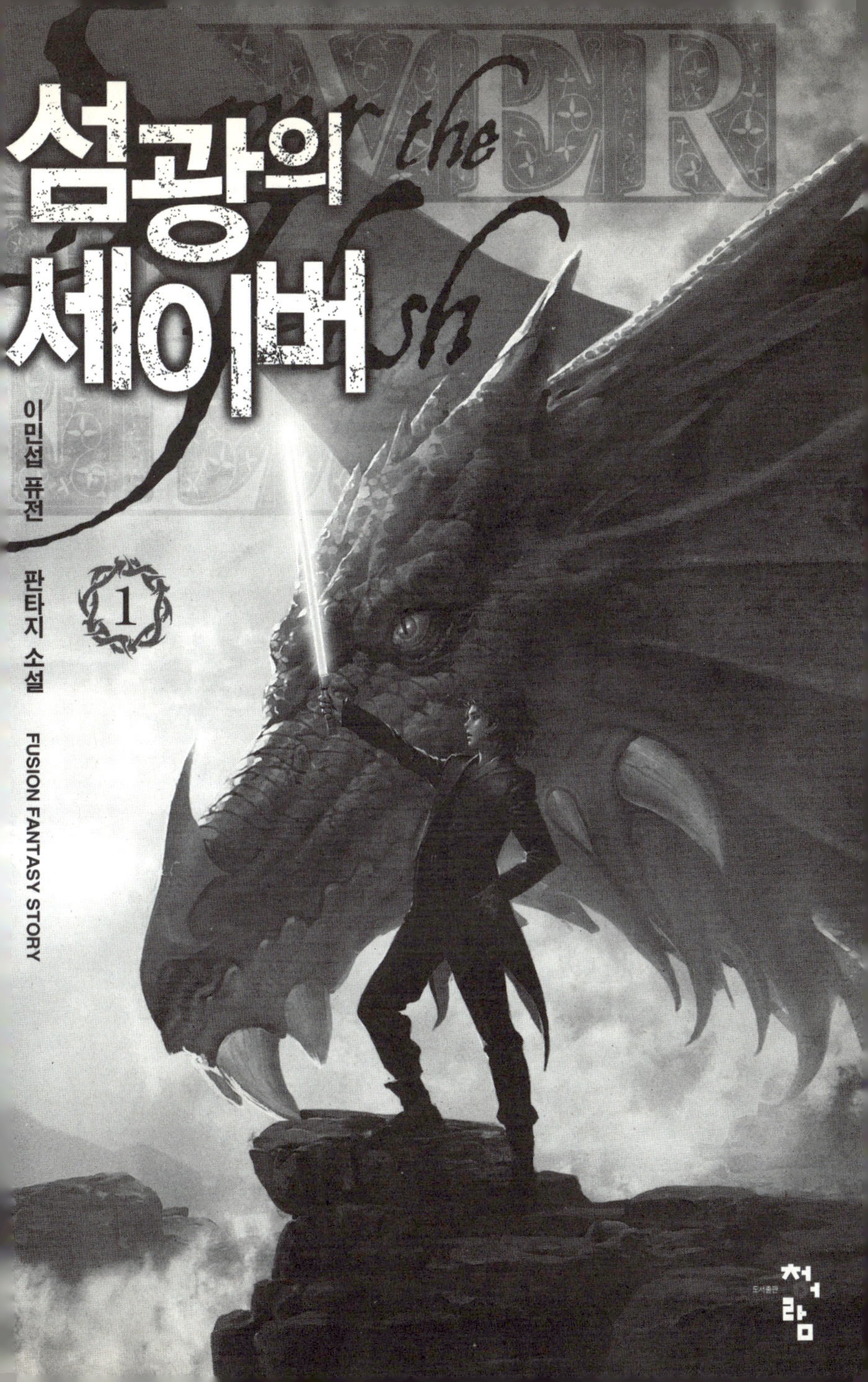
섬광의
세이버
이민섭 퓨전
1
판타지 소설
FUSION FANTASY STORY
도서출판 청람

CONTENTS

제1장
여긴 어디? 나는 누구?

놈이 싫어하는 것은 등산이었다.
젠장, 절벽에서 떨어져 버려라, 빌어먹을 녀석.
—교양 있는 대마법사 겔턴 데오 베이런스.

꿈을 꾸고 있는 것 같았다.

정신이 멍한 상태에서 의식을 붙잡으려 허우적거렸다. 흐렸던 것이 뚜렷해지기까지에는 그리 많은 시간이 걸리지 않았다.

그는 긴 숙면을 취한 것 같은 느낌을 받았다. 너무나도 나른했고, 그 이상으로 뻐근했다.

사고를 당한 것일까?

그는 몸에 감각이 천천히 돌아오는 것을 느꼈다. 차가운 감각이 엄습했다.

"으, 으음⋯⋯."

의식이 점점 또렷해짐에도 자신이 처한 상황이 이해 가지 않았다.

'어떻게 된 거지?'

그는 산을 오르다가 이상한 빛무리에 닿자마자 정신을 잃었다. 그것까지는 기억이 났다. 그렇게 가파르지 않은 등산로라 밑으로 굴러떨어졌어도 부상은 그렇게 심하지 않았을 것이다.

그가 있던 등산로에 사람들이 꽤나 많았던 것으로 기억되었다. 사고를 당했다면 적절하게 병원에 이동해 오는 것이 보통이지만 습기가 피부로 느껴지는, 마치 지하실 같은 그런 느낌에 의아함이 들었다. 그렇다고 동굴 같지는 않았다.

"어이, 깨어났나 본데?"

"여, 여기는?"

간신히 눈을 뜨자 보이는 것은 웬 서양인이었다. 진한 녹색 머리카락을 지닌 덩치의 남자가 그를 내려다보고 있었다.

녹색 머리카락이라니, 악취미가 아닐 수 없었다. 게다가 복장 자체도 영화나 게임 속에 나오는 것과 비슷한 복장이다.

"제가 어떻게 된 거죠? 또 여기는……?"

"음, 정신이 없는 모양이군. 자네는 던전의 함정에 빠진 모양이야. 이런 장난질을 해놓는 던전 키퍼들도 존재하지. 진정하게. 마음을 가라앉히면 정상으로 회복될 걸세."

"던전의 함정? 그게 무슨 장난… 우욱!"

갑작스럽게 두통이 엄습해 왔다. 눈앞에서 환한 빛무리가 터지며 그를 집어삼켰다.

다시 눈을 떴을 때는 눈앞의 배경이 바뀌어 있었다. 서양인들은 사라지고 주변이 일렁였다.

꿈인지 현실인지 분간조차 안 가는 그런 영상들이 그를 스쳐 지나갔다.

자신이 무언가를 들고 누군가를 피해 필사적으로 도망치고 있었다.

'어째서?'

바닥에 떨어져 번지는 피는 분명 그의 몸에서 나오는 것이었다. 다른 한 손으로 상처를 막아도 계속해서 피는 흘러내렸다. 핏방울 떨어지는 소리가 유난히도 크게 들렸다.

그러다 순간 시야가 반전되었다.

거대한 폭발이었다.

왕궁이 불타오른다. 화끈한 열기에 온몸이 달궈져 기절할 것 같았다.

'뭐라… 고?'

화려한 푸른 머리를 지닌 자가 그에게 뭐라 소리치고 있었다.

순간 거대한 창이 그의 가슴을 관통했다. 갈비뼈가 부서지며 심장이 관통되는 감각이 생생하게 느껴졌다.

그는 달리던 자세 그대로 앞으로 고꾸라졌다. 그 순간 무슨 현상인지 공중에 떠 정신을 잃고 있는 스스로의 모습을 보았다. 그의 신체가 발밑에서부터 사라져 가며 부서져 내렸다.

"이보게! 괜찮나?!"

"허억!"

격렬한 진동에 그가 소리를 지르며 정신을 차렸다. 아까 그 서양인이 자신의 몸을 흔들고 있었다. 심호흡을 하자 두통이 천천히 사라졌다.

"괘, 괜찮아요. 무슨 환각을 본 것 같아서……."

"음, 정신 계열 마법에 당한 것 같네. 저주는 아니니 시간이 지나면 천천히 회복될 걸세."

마법이니 저주니 하는 것은 그에게 정말 익숙하지만 낯선 단어였다.

'마법? 저주?'

위화감이 엄습했다. 자신이 말하고 있는 언어는 결코 한국어가 아니었다.

처음 보고 듣는 외국어였다.

'내가 외국어를 한다고?'

그럴 리가 없었다. 그는 영어 자격증을 따기 위해 학원을 다닐까 생각 중인 평범한 복학생이었다. 가장 익숙한 영어도 초등학교 수준의 회화 정도를 겨우 구사할 줄 아는데, 생전 처음 들어보는 외국어를 익숙하게 사용하고 있는 것이다.

"말도 안 돼!"

그는 자리에서 벌떡 일어났다. 그러자 금세 자신의 몸이 예전 같지 않다는 것을 깨달았다.

"뭐, 뭐야?"

"벌거벗고 있길래 내 망토를 걸쳐 주었네."

전신을 덮고 있던 망토가 흘러내려 아랫도리만 간신히 가려주고 있었다.

"예? 제가 벌거벗고 있었다고요? 아니, 그보다 제 손이 왜 이렇게 희고 가는 겁니까?"

"그, 그거야 자네 손이니 그런 게 아니겠나?"

보기 좋은 구릿빛 피부와 건장한 근육을 자랑하던 자신의 몸이 분명 아니었다. 군대를 제대하고 나서도 늘 보기 좋게 유지했던 식스팩은 사라지고 없었고, 허약하게까지 느껴지는 몸뚱이가 자리 잡고 있었다.

"하, 하하하."

황당함을 넘어 경악에까지 이르렀다. 이게 무슨 말도 안 되는 상황이란 말인가!

"일단 옷부터 입게. 저거, 자네 물품들이 아닌가?"

서양인이 가리킨 곳을 보자 등산할 때 입었던 옷과 등산 가방이 보였다. 반가운 마음이 들었지만 조금 변형된 형태에 고개를 갸웃했다. 전체적으로 어두운 색으로 바뀌었지만 못 알아볼 정도는 아니었다.

그는 인터넷으로 싸게 공동 구매한 등산복을 집어 들었다.

후두둑—

"응?"

검은 재 같은 것이 바닥에 떨어져 내렸다. 그러고 보니 등산복에도 먼지가 잔뜩 껴 있었다.

의문이 들었지만 지금은 이런 것에 신경 쓸 때가 아니었다.

등산복에 쌓인 먼지를 털어내고는 망토를 벗었다.

"역시 내 몸이 아니야."

보기 싫은 것은 아니지만, 전체적으로 허약해 보이는 몸매였다. 게다가 어깨와 오른쪽 가슴을 덮는 기이한 문신까지 새겨져 있었다.

'아름답군.'

살짝 내려다본 문신은 정신을 빼앗는 무언가가 존재했다. 마치 문양이 살아 움직이는 것 같은 착각이 일었다.

왼쪽 가슴에는 날카로운 것으로 찔린 듯한 큰 상처가 있었다. 분명 엄청난 중상을 입었을 것이라 짐작될 정도의 상처였다. 하지만 지금은 회복되었는지 고통은 없었다.

그는 고개를 저으며 정신을 되찾고는 등산복을 입기 시작했다.

'딱 맞네?'

한숨이 새어 나왔다. 등산복이 조금 커서 짜증을 냈던 것이 생각났기 때문이다. 근육도 사라지고 덩치도 작아진 지금 이렇게 슬림해져 딱 맞다니, 정말 어떻게 된 상황인지 이해가 되지 않았다.

'아! 내 핸드폰!'

최근에 구입한 최신형 스마트폰! 그것이 생각난 그는 다급하게 주머니를 만지작거렸다.

'다행이다. 잃어버리지 않았어.'

주머니에서 핸드폰이 만져지자 안심했다. 조심스럽게 핸드폰을 빼어 들어 전원을 켜보았다.

"뭐야, 이건? 타나토스로이드?"

분명 이런 운영 체제는 아니었다. 스마트폰에 겨우 익숙해진 그라도 운영 체제가 달라진 것을 단번에 알 수 있었다. 괴상한 문양이 새겨진 화면이 지나가더니 황금빛 눈이 새겨져 있는 화면이 나왔다.

'전화가 될 리가 없지.'

깔아놓은 어플도 사라졌고, 전화 기능이 있는지조차 의심이 갔다. 일단 배터리를 생각해서 전원을 끈 다음 서양인이 보기 전에 얼른 주머니에 넣었다.

왠지 보여주면 귀찮은 일이 일어날 것 같았기 때문이다. 서양인의 심상치 않은 복장은 그를 자동적으로 경계하게 만들었다.

"흠? 특이한 옷이군. 그래, 이제 정신이 좀 드나?"

"뭐가 뭔지 잘 모르겠어요. 여기는 정확히 어디죠?"

"모두들 이곳을 잊혀진 사원이라 부르지. 그곳에서 아직

발굴되지 않은 던전이네."

"잊혀진 사원? 던전?"

던전이라는 것이 무엇인지는 알고 있었다. 결코 현대에는 등장하지 않을 그런 장소다. 현실감이 떨어지는 발언이었지만 그 말이 이상하게 현실로 와 닿았다.

'그 영상을 보아서인가?'

왠지 서양인의 생김새도 복장도 거부감이 없었다.

몸이 바뀌고 이상한 곳으로 이동되었다는 사실이 그를 패닉 상태로 빠지게 할 법도 했지만 그는 자신조차 놀랄 정도로 침착했다.

"대장님, 마법적인 장치를 발견했습니다."

"오, 수고했네."

금발의 서양인이 다가오더니 녹색 머리의 사내에게 그렇게 말했다.

"일단 내 소개부터 하지. 나는 트레저 헌터 길드 '테론'을 책임지고 있는 '푸른 보석을 쫓는 카이론'이라고 하네. 그리고 이쪽은 제이란. 우리 길드에서 유일하게 마법을 쓸 수 있는 자지."

"반갑습니다."

얼떨결에 인사를 받은 그는 녹색 머리의 사내 카이론이 한 말을 곱씹어보았다.

'마법? 트레저 헌터?'

그러다가 제이란이 손에서 불을 뿜어 횃불에 불을 붙이는 것을 보고 입이 떡하니 벌어지고 말았다.

'소, 손에서 불이?'

간신히 정신을 수습하고는 서양인을 향해 입을 떼었다.

"아, 저는······."

그러다 문득 자신의 한국 이름이 이 언어의 발음 체계에 부합하지 않아 발음이 제대로 되지 않음을 깨달았다. 한국어로 발음한다고 해도 저들이 제대로 알아들을 것 같지 않았다.

어떡하지 하고 고민하고 있던 찰나,

'지프리오너 알티온 아그나스트라'.

머릿속을 스쳐 지나가는 괴상하게 긴 이름이 있었다. 그것이 오히려 한국 이름보다 더욱 자신의 이름 같았다.

마치 대한민국의 건장한 청년이었던 자신의 기억이 꿈처럼 느껴졌다.

"지온, 지온입니다."

카이론의 눈빛을 받고 얼떨결에 그렇게 대답했다. 무언가 자신을 부정한 것 같아 기분이 이상해졌다. 익숙하지만 거부감이 드는 기묘한 감정이 그에게 엄습해 왔다.

"그래, 지온. 우리는 이제 던전을 나갈 생각이네만, 따라오겠나?"

"예? 아, 부탁드립니다."

그것은 오히려 지온 쪽에서 부탁하고 싶었다. 이 이상한 곳을 나가게 된다면 뭐라도 알 수 있지 않을까? 그런 생각에서 나온 결정이었다.

콰앙!

공기를 때리는 소음이 들려오더니 한쪽 벽이 무너져 내렸다.

"미라클 펀치!"

괴상한 기술명이 들려왔다.

지온은 먼지 사이로 거대한 주먹을 보았다. 돌덩이들을 밀어내며 나타난 것은 제법 큰 덩치의 카이론보다도 머리 하나가 더 큰 근육질의 사내였다.

"마침 바록도 돌아왔군."

'사람이 주먹으로 돌벽을 부쉈어?! 아니, 그전에 사람이 맞기는 한 걸까?'

2m는 간단히 넘어가 보이는 체구다. 목을 까딱이며 근육을 푸는 그 모습은 위압감이 넘쳐흘렀다. 거대한 주먹이 위협적인 흉기로까지 느껴졌다.

"그는 내 부하인 바록이네. 좋은 녀석이니 걱정할 것 없네."

"아, 네. 사, 상당히 크시군요."

바록이 성큼 다가와 지온의 앞에 섰다.

"오, 푸른 머리, 깨어났군. 반갑다. 나는 바록. 철거 전문이다."

"바, 반갑습니다. 윽!"

거대한 손이 지온의 어깨에 닿았다. 묵직함이 느껴지자 절로 신음성이 새어 나왔다.

"바록, 방금 만난 분께 무슨 무례입니까? 예의범절은 어디다 팔아먹은 겁니까? 제가 뇌에 근육이 낀 바록을 대신해 사과드리겠습니다."

"아니요. 전 딱히……."

"으하하하! 오랜만에 칭찬을 해주는군, 제이란!"

지온은 어디가 칭찬인지 알지 못했다.

"뇌에 근육이 끼면 오래 산다는 소문 못 들었나?"

바록은 진심으로 제이란의 말을 칭찬으로 받아들이는 모양이었다.

"하아."

제이란의 한숨이 왠지 이해가 되는 지온이다.

지온은 경계를 풀었다. 위험한 사람들 같지는 않았기 때문이다. 일단 이 어디인지 모르는 장소를 빠져나가기 위해서는 이들의 도움이 필요했다.

"그럼 슬슬 출발하지."

카이란이 선두에 서자 일행은 그의 뒤를 따랐다. 지온 역시 그들을 따라갔다.

지온이 있던 방에서 나가자 긴 복도가 이어졌다. 한 치 앞도 보이지 않는 복도를 횃불에 의지해서 걷고 있는 것이다.

절로 으스스한 느낌이 드는 지온이었다.

"혹시 몬스터도 나오나요?"

이곳을 던전이라 했던 것이 기억난 지온은 카이론에게 다가가 물었다.

"아무래도 처음 탐사하는 던전이니 그런 것도 염두에 두어야겠지. 아직까지는 위협적인 녀석을 보지는 못했네."

"나오기는 한다는 거군요."

"그렇지."

마법도 본 마당에 몬스터가 나오는 것은 어찌 보면 당연한 것인지도 몰랐다.

등산을 하다가 기절했더니 이상한 곳에 떨어지고, 몸이 바뀌고, 몬스터가 나오는 던전에서 깨어났다. 이보다 더 말도 안 되는 일이 존재하기는 한 걸까?

무기들을 허리에 차고 있는 트레저 헌터들을 보자 스멀스멀 불안감이 싹트기 시작했다.

물컹!

무언가 물컹한 것을 밟은 것 같다. 지온은 천천히 고개를 내려 아래를 바라보았다.

"우, 우앗!"

괴상하게 생긴 젤리 덩어리였다. 눈알이 둥둥 떠다니는 것이 끔찍하고 징그러웠다. 놈들은 자신의 발목을 타고 몸 위로 기어오르려 했다.

화들짝 놀라며 털어내고는 발로 밟자 바람 빠지는 소리가
나더니 터져 버렸다.

"슬라임이군. 왠지 느낌이 좋지 않아."

지온이 밟아 죽인 몬스터를 보며 카이론은 그렇게 말했다.
지온의 멍한 표정을 보고 웃음을 내뱉은 바록은 슬라임 하나
를 발견하자 지온을 불렀다.

"지온, 이런 건 이렇게 처리하는 거야."

바록의 발이 뒤로 당겨졌다.

콰가가가!

"슈퍼 킥!"

바닥을 긁으며 뻗어간 발등이 슬라임에게 닿자 슬라임은
형태도 없이 사라져 버렸다. 엄청난 괴력이 아닐 수 없다. 아
이스크림을 숟가락으로 긁은 것 같은 바닥의 모습이 보였다.

"제이란, 원래 저런 게 보통인 거예요?"

"아닙니다. 저 무뇌 근육이 특별한 겁니다."

"역시 그렇군요."

지온은 이런 게 평범한 광경이면 받아들이기 힘들 거라고
생각했다. 어쩌면 몬스터를 본 것보다 더 충격적인지도 몰
랐다.

'TV에 나간다면 대상은 따놓은 당상이겠지.'

그렇게 생각하자 왠지 웃음이 절로 나오는 지온이었다. TV
도 없을 듯한 세계에 떨어졌다는 현실이 새삼 더 다가왔다.

지온은 능숙하게 벽을 만지며 함정을 해체하는 카이론의 모습을 보며 감탄했다.

"진짜 트레저 헌터 같아."

영화에나 나오는 보물을 쫓는 자들이다. 혹시 인디아나 존스처럼 성배를 찾거나 하는 것이 아닐까?

'엄청난 보물을 찾아다니는 사람들일지도 모르겠네.'

심상치 않아 보이는 자들이니 그럴 가능성이 더욱 높았다.

"하하하……."

이상한 곳에서 깨어난 지 얼마나 되었다고 이런 태연한 생각을 하는 자신이 조금 우스워졌다.

"잠깐!"

카이론이 손을 들자 일행 모두가 멈추어 섰다.

"아무래도 이 길은 아닌 것 같군."

"그렇군요. 길이 달라졌습니다."

"이런 고차원적인 함정이라니, 이상하군."

카이론과 제이란이 나누는 대화에 지온과 바록은 물음표를 띠었다.

"대장, 그냥 함정 따위는 부숴 버리죠."

바록이 그렇게 말하자 카이론의 한숨이 들려왔다. 지온은 시선을 돌려 복도의 끝을 바라보았다. 아무것도 안 보이는 어둠 안에 숨겨진 함정은 도대체 무엇일까?

'스릴 넘치는 모험…….'

영화 속에 들어와 있는 것 같은 착각에 조금 흥분이 감돌기 시작했다. 하지만 그것도 오래가지 않아 사라졌다.

지온은 어둠 속에서 소름 끼치는 무언가를 본 것 같았다.

"카, 카이론 대장님."

지온이 카이론을 부르며 손가락으로 어두운 곳을 가리켰다. 처음에는 대수롭지 않게 그곳을 바라보던 카이론의 얼굴이 점차 굳어갔다.

"젠장."

카이론의 낮은 욕이 들려오기 무섭게 섬뜩한 빛을 발하는 붉은 눈동자가 어둠 속에 나타나기 시작했다.

"도망쳐!"

"우, 우아아악!"

지온은 필사적으로 뛰었다. 그것은 일행 역시 마찬가지였다. 살짝 뒤를 바라보니 인간 형태를 지닌 끔찍한 것들이 바닥을 기며 빠르게 달려들고 있었다.

'괴, 괴물?! 어, 엄청 많잖아?'

복도를 빼곡하게 메우고도 남을 정도로 많은 괴물의 떼가 보였다.

"미, 미친!"

혹시 꿈이 아닐까 하고 현실 도피를 해봐도 여전히 보이는 것은 끔찍한 괴물들의 모습이었다.

힘이 빠져갔다. 제일 먼저 도망치기 시작한 지온이었지만 어느새 일행의 제일 뒤에 위치해 있었다.

"허억, 허억!"

마라톤을 해도 끄떡없었던 자신의 체력이 이렇게 허약해지다니!

"지온!"

바록이 걸음을 멈추더니 지온의 몸을 잡았다.

"바록? 우악!"

바록은 지온을 어깨에 들쳐 메고 달리기 시작했다. 지온은 정신이 없었다. 바록의 어깨에 매달려 실시간으로 괴물들의 모습을 감상할 수밖에 없었다.

"바, 바록! 더, 더 빨리 달려요!"

"우오오오오!!"

"우왁! 바로 뒤에까지 쫓아왔어요!"

바록이 달리는 속도가 워낙 빠르긴 하지만 괴물들의 몸놀림은 더욱 빨랐다. 괴물들이 어느새 바록의 등 뒤에까지 접근했다.

"바록!"

"솟아라! 힘!"

지온이 필사적으로 바록의 이름을 부르자 바록의 거대한 근육이 한차례 꿈틀했다.

"우오!"

쾅!

바록이 복도의 벽을 왼손으로 강하게 쳤다.

놀라운 일이 벌어졌다.

굳건해 보이던 동굴 벽에 금이 가더니, 이내 쩌적 소리와 함께 무너져 내렸다.

벽 조각들이 괴물들을 덮쳤다.

'마, 말도 안 돼. 바록, 사람이 맞기는 한 거야?'

무지막지한 바록의 괴력에도 지온은 안심할 수 없었다. 괴물들의 날카로운 손톱과 이빨이 돌을 간단하게 조각내는 광경이 눈에 들어왔기 때문이다.

"도, 도대체 저게 뭐예요?"

"구울이다! 나도 실제로 보는 건 처음이야!"

카이론이 그렇게 외치며 품에서 주먹만 한 구슬 하나를 꺼냈다.

"제이란!"

그것을 제이란에게 던지자 제이란은 달리는 와중에 그것을 잡아채고는 뒤를 향해 던지며 손을 뻗었다.

"화염 폭발!!"

콰아아아아!

화염이 복도를 휩쓸었다. 불에 약한지 구울들이 순식간에 녹아내리며 바닥에 쓰러졌다.

"아직도 엄청 많아요!"

많은 구울이 화염에 녹아버렸지만 여전히 복도를 가득 메우고 있었다.

"젠장! 길이 막혔어!"

일행의 움직임이 멈춰 버렸다. 막다른 길이었다. 바록의 힘으로도 부수기 힘겨울 정도로 보이는 벽이 절망적인 상황을 연출해 냈다.

"어쩔 수 없군. 지온, 우리 뒤에 있게. 자네는 정신이 온전치 못한 것 같으니 전투는 무리겠지?"

바록이 지온을 뒤에 내려주고는 두 주먹을 불끈 쥐었다. 카이론은 허리에 맨 장검을 꺼내 들고 전투 자세를 잡았다. 제이란은 한숨을 쉬며 단검을 쥐고 정면을 바라보았다.

'제, 젠장! 저런 거랑 싸운다고?'

이런 괴물들, 영화에서조차 본 적이 없다. 좀비같이 생겼으면서 날카로운 손톱과 이빨로 돌 따위는 우습게 가르는 괴물!

지온은 극심한 공포에 다리 힘이 풀리는 것을 느꼈다.

키이이이익!

구울들이 달려들었다. 카이론은 화려한 몸놀림으로 구울을 상대해 갔지만 많은 수에 밀리기 시작했다.

"이런!"

구울의 손톱에 뒤로 물러나 피하던 제이란이 횃불을 놓쳐 버렸다. 바닥에 떨어진 횃불을 잡으려 했지만 구울들이 몸을 날려 불을 입으로 먹어버렸다.

순식간에 빛이 사라졌다. 암흑 속에서 보이는 것은 마치 밤

하늘의 별처럼 빛나고 있는 수많은 붉은 눈동자뿐이었다.

공포스런 상황에서 지온은 무언가를 해야 한다고 생각했다. 전투는 꿈도 못 꾸고, 어떻게라도 일행을 도와야 했다.

"손전등!"

챙겨온 손전등이 생각났다.

앞이 안 보이는 와중에 감각으로 가방을 뒤적거려 다급하게 손전등을 찾았다.

집에서 먼지만 쌓여가던 손전등이다. 두 손으로 잡아도 여유가 되는 긴 모양에 강력한 빛을 발하는 LED 손전등. 군대 제대할 때 주임원사가 그에게 선물로 준 비싼 손전등이다.

'가방이 왜 이러지?'

끝이 만져지지 않았다. 어깨까지 모조리 넣어도 계속 들어가기만 했다.

의문은 가진 것도 잠시, 빨리 손전등을 찾아야 했다.

'손전등……!'

손전등을 찾으려고 생각하자 갑자기 무언가가 손에 잡혔다. 차가운 금속의 감촉이 느껴지자 재빠르게 빼어 정면을 향해 겨누었다.

"오, 오지 마!"

붉은 눈동자가 크게 커지며 지온에게 다가왔다. 잔뜩 겁을 먹은 지온은 뒤로 주춤 물러나다가 엉덩방아를 찧었다. 동시에 엉겁결에 손전등의 전원 버튼을 눌렀다.

지이잉!

환한 빛이 터져 나왔다. 그것은 마치 세상의 모든 빛이 집약된 것 같은 눈부신 섬광이었다.

부우웅―

"꽥!"

구울의 비명이 들려왔다.

섬광탄처럼 터진 빛에 잠시 눈이 먼 지온은 시린 눈을 깜빡이며 정면을 보려 애썼다.

"뭐, 뭐야, 이건?"

그것은 어둠 가운데 고고하게 빛을 발하고 있었다. 손전등에서 뻗어나온 빛이 성스러운 하얀빛을 토해내며 기다란 형상을 그리고 있었다.

'라, 라이트 세이버?'

그래, 어린 시절 영화에서 본 광선검! 이것을 모르는 사람이 있을 수 있을까?

한때 남자의 로망이었던 라이트 세이버가 자신의 손에 들려 있는 것이다.

"주, 죽은 거야?"

지온을 찢어 먹으려 달려들었던 구울이 마침 솟아오른 광선에 허무하게 당해 버린 것이다. 그것을 파악한 지온은 얼떨떨한 기분을 감출 수가 없었다.

'내가 죽였어. 내가 몬스터를……'

의도치 않게 몬스터 한 마리를 저세상으로 보낸 지온이었다.

"오, 오러?"

주위에서 멍하니 자신을 바라보는 것이 보였다.

카이론이 헛기침을 하자 모두 다시 정신을 가다듬으며 자세를 잡았다.

지온은 자신의 손에 들린 손전등을 멍하니 바라보다가 주춤거리며 일어났다.

"지온, 자네 마스터였나?"

"네? 네? 마, 마스터요?"

"미안하지만 자네가 도와주어야겠네. 지금 자네가 우리의 최대 전력이니 말이야."

"무, 무리라고요!"

"아직 회복이 덜 된 건가? 하지만 지금은 그런 걸 따질 상황이 아니네!"

구울들이 갑작스러운 환한 빛이 괴로운지 몸부림치고 있었다. 잠시 대치 상황이 이어졌다.

지온을 중심으로 배열이 다시 짜졌다. 지온은 의도치 않게 이들의 주력으로 부상한 것이다. 오러가 가지는 의미를 누구보다도 잘 아는 카이론이 적절한 포지션을 잡은 것이 틀림없었다.

"아, 아니, 그게 아니라……."

"온다!"

구울들도 라이트 세이버가 내뿜는 빛에 적응이 되었는지 다시 달려들기 시작했다.

빛에 증오라도 품은 듯 구울의 공격은 라이트 세이버를 든 지온에게 중점적으로 쏟아졌다.

전투가 처음인 지온은 공포에 물들어 온몸이 굳는 것을 느꼈다.

"우, 우아아악!"

검술이라는 걸 전혀 배워본 적이 없는 지온으로서는 난감하기 그지없는 상황이었다. 어렸을 때 태권도를 배우긴 했지만 그게 도움이 될 턱이 없었다. 군 생활도 평범하게 했던 그가 살인 기술 따윌 배웠을 리 없다.

'우, 움직여라.'

후들후들 떨려 몸이 잘 움직이지 않았다. 하지만 하지 않으면 죽는다. 처음 느끼는 죽음의 위기에 머리가 하얗게 굳었다. 이대로 멍하니 있다가 죽을 수 없다는 생각하니 정신이 또렷해졌다.

'어, 어떻게든 해야……'

어떻게 손전등이 라이트 세이버로 변한 건지는 모르지만 믿을 무기는 지금 이것밖에 없었다.

"우, 우왓!"

지온의 시야를 가득 메운 구울이 보였다.

지온은 눈을 꾹 감고 마구잡이로 라이트 세이버를 휘둘렀다. 전투 중에 눈을 감는 것은 자살 행위나 마찬가지였지만 두려움 때문에 이성적인 판단을 할 수 없었다.

"오, 오지 마!"

분명 검술의 고수가 봤더라면 어린애 장난 정도로 치부할 만한 몸놀림이었다. 하지만 그 결과는 그렇지 않았다.

부우웅— 서걱—

엄청난 절삭력이었다. 동굴 벽에 닿으면 바로 닿은 부분이 잘려 나갈 정도였다. 마구잡이로 휘둘러도 구울을 쓰러뜨릴 만큼 강력했다.

공황상태에서 정신을 차리고 보니 어느새 자신은 구울이 모여 있는 중심에 와 있었다.

"제, 젠장!"

지온은 몸이 쇠가 된 듯 무거워진 것을 느낄 수 있었다.

벌써부터 지쳐 간다. 역시 제대로 된 싸움은 무리였다. 이건 싸움이 아니라 발악에 불과했다.

"응?"

지온의 몸이 휘청거렸다. 등 뒤에서 구울이 거대한 손톱으로 지온을 공격한 것이다. 포위당한 채로 사방에서 날카로운 공격이 지온에게로 쏟아져 내렸다.

누가 봐도 절망적인 상황이었다. 돌을 간단히 썰어버리는 저들의 공격을 인간의 나약한 육체가 받아낼 리 없었기 때문이다.

'주, 죽는 건가?'

지온은 눈을 꽉 감았다. 아직 앞날이 창창한 자신이 이런 어딘지도 모르는 세계에서 괴물에게 잡아먹히는 것이다.

그것이 너무나도 억울했다.

'응?'

하지만 느껴져야 할 고통이 없었다. 칼처럼 느껴지는 날카로운 손톱과 무지막지한 이빨이 분명 자신의 몸에 꽂혔지만 부딪치는 느낌만 있고 통증은 전혀 없었다.

눈을 떠보자 구울들이 여전히 자신을 공격하고 있었다. 팔을 물고 늘어지는 녀석, 그리고 다리에 매달린 녀석.

하지만 하나같이 지온의 피부까지 닿는 공격은 없었다.

"등산복을 뚫지 못한다고?"

지온은 라이트 세이버로 변한 손전등과 같이 등산복도 기이한 힘을 지니게 된 것을 직감적으로 깨달았다.

내구력이 어마어마한지 날카로운 이빨이 오히려 부러지며 바닥에 떨어지는 것이 보였다.

"조, 좋아! 무서울 게 없다 이거지?"

멍하니 있을 수만은 없다. 게다가 얼굴과 손 같은 경우에는 등산복이 가려지지 않은 부분이다.

'물기 전에 빨리……!'

지온은 재빨리 등산복에 달린 후드를 쓴 다음 기이한 등산복에 매달린 구울을 떼어내려 애썼다. 손전등을 휘두르며 거의 발광에 가깝게 몸부림치자 구울은 입맛을 다시며 주춤 물러났다.

"더, 덤벼!"

징그러운 구울의 모습에 겁을 먹은 지온이지만 애써 태연하게 보이려 노력했다.

움찔거리며 달려들려고 하는 놈을 보며 다급히 손전등을 겨누었다.

부우웅—

허공에 잔상이 그려지며 기이한 파공음이 터져 나왔다. 구울들은 지온에게 쉽게 달려들 수 없었다. 지능이 낮은 만큼 본능적으로 지온의 위험성을 파악한 것이다.

닿는 즉시 베이는 어마어마한 절삭력을 가지는 라이트 세이버와 철벽같은 방어력을 자랑하는 등산복.

발악에 가까운 몸부림을 공격으로 만드는 대단한 능력이었다. 옆을 보니 자신에게 집중되는 구울들을 분산시키고 있는 트레저 헌터들이 보였다.

목숨을 건 싸움이 처음인 지온은 같이 싸운다는 것이 얼마나 든든한 것인지 깨달았다.

지온은 무엇인지 모를 감정이 떠오르며 조금씩 흥분되는 것을 느꼈다.

꿰엑!

정면에 있던 세 마리가 지온이 잠시 한눈을 파는 사이 빠르게 기습해 들어왔다.

"우, 우왓!"

깜짝 놀란 지온은 황급히 라이트 세이버를 휘둘렀다. 라이트 세이버의 무게는 손전등의 무게밖에 느껴지지 않아서 허약한 힘을 지닌 그도 빠르게 휘두를 수 있었다.

서걱!

순식간에 정면에 있던 세 마리 괴물의 몸이 이등분되었다. 놀라서 휘두른 것치고는 놀라울 만한 성과물이었다.

"우욱!"

인상을 힘껏 찌푸리며 올라오려는 구토감을 간신히 억눌렀다. 사람 형태를 한 무언가를 죽인다는 느낌이 잘 와 닿지는 않았다. 라이트 세이버에서는 살을 벨 때 느껴지는 감촉이 없었으니 말이다.

다만 시각적인 충격에 의해 몸이 후들거렸다.

끼엑!

끼에에엑!

몇 차례 괴성이 들리더니 몰려오던 괴수들이 분한 듯 울음을 터뜨리다가 물러났다.

지온은 긴장감이 순식간에 풀려 버려 바닥에 주저앉았다. 주위를 밝히는 라이트 세이버를 손에 들고서 멍한 표정을 지었다.

그런 상황이 한동안 계속되었다. 지온은 떨리는 간신히 손으로 라이트를 껐다.

금방이라도 기절할 것만 같았다.

'역시 마스터인가?'

어마어마한 절삭력을 발휘하는 오러는 그야말로 마스터들만이 지닌 신비의 힘이었다. 질긴 시체 세 구를 한 번에 갈라버리는 참격은 전율스러운 감각을 카이론에게 선사해 주었다.

'아직 정신이 회복되지 않았나 보군.'

마스터답지 않게 허둥거리는 모습을 보였지만 카이론은 그것이 함정에 걸린 후유증이라 생각했다. 아무리 마스터라도 저주가 아닌 정신 계열에 대한 방비는 철저하게 해놓지 않으면 기습을 당하기 일쑤였기에 그 역시 방심을 하다가 당한 것이리라.

던전을 얕보고 들어갔다가 심한 꼴을 당한 고위 기사들의 사례는 심심치 않게 귀에 들어왔다. 옷을 벗고 날뛰는 건 기본이고 벽에 똥칠을 하던 귀족도 있었다고 한다.

'어린 나이에 대단하군.'

정신을 이렇게 빨리 수습해 구울들을 베어버린 지온의 경지는 대단하다고밖에 볼 수 없었다. 시선을 자신에게 끌며 구울들에게 둘러싸인 와중에도 태연해 보이던 그의 모습이 너무나도 크게 느껴졌다.

'그건 오러 실드였나?'

구울에게 물리고 할퀴어져도 멀쩡한 지온의 모습을 떠올리며 한때 기사였던 카이론은 그렇게 추측할 수밖에 없었다. 마스터의 길보다는 다른 것을 택한 그가 이해할 수 있는 범위는 한정되어 있었다.

"마스터란 다 저런 겁니까?"

"상식을 초월하는 존재이긴 하지."

"그냥 허무맹랑한 소리로 치부했는데, 왜 그들이 귀족 대우를 받는지 이해가 되는군요."

제이란의 말에 고개를 끄덕인 카이론은 지친 듯 자리에 앉아 있는 지온에게 다가가 손을 뻗었다.

"도와줘서 감사하네."

"아니에요. 정말 죽는 줄 알았어요. 카이론 대장님이 없었다면 진즉에 죽었을 거예요."

"하하, 엄살은."

카이론의 손을 잡고 지온이 일어나자 바록과 제이란이 지온의 주위로 다가왔다.

"자네가 귀족 계급일 거라는 것은 대충 추측하고 있었네. 나 역시 귀족의 끝머리에 속하긴 하지만 마스터에게 계속 무례하게 굴 수는 없지."

"마스터요? 그게 뭔지는 모르지만 무례라니요. 절 챙겨주신 것만으로도 감사한데요."

"음, 사정이 있나 보군. 그럼 계속 이렇게 대해도 괜찮겠
나?"

"물론이에요. 오히려 제가 부탁하고 싶어요."

카이론은 지온이 자신의 정체를 숨기고 있다는 것을 간파
했다. 정체불명의 지온이라는 자가 던전에 온 사정, 그리고
실력을 숨기는 사정 같은 건 알 수 없다. 하지만 대단한 경지
에 오른 마스터라는 것은 분명했다.

10년 넘게 트레저 헌터 일을 하면서 키운 안목이다. 믿을
만한 자로 보이긴 했지만, 깊게 관련되면 일행의 목숨이 위험
해질 수도 있는 심상치 않은 자라고 카이론은 판단했다.

"음, 지온. 맷집이 대단하더군. 보통이면 죽을 텐데 말이
야. 부럽다. 나도 더욱 정진해야겠어. 다음번엔 내가 방어하
겠다."

"바록, 보통 그러면 죽지 않아요?"

"음, 잘 모르겠다."

어쩌면 바록이라면 견뎌낼 수 있지 않을까 하는 생각이 든
지온이다.

바록의 대답에 제이란이 고개를 들어 바록을 바라보았다.

"당신의 근육이 강철로 되어 있지 않는 이상 산산조각 날
것이 뻔한데요. 지온님은 특수한 경우거든요. 그렇지요?"

"저도 어떻게 된 건지 잘 모르겠네요."

"하하, 알겠습니다. 앞으로는 묻지 않기로 하지요."

제이란도 카이론처럼 생각해 더 캐묻지 않기로 했다. 지온 정도의 경지에 오른 자가 정체를 숨기고자 한다면 필시 무언가 사정이 있기 때문이라고 여겼기 때문이다.

바록만이 그저 지온의 단단한 몸을 부러워할 뿐이었다.

그들의 착각과는 다르게 지온은 전투 후의 여운이 아직도 가시지 않아 손이 떨렸다.

'어떻게든 넘겼어.'

생전 처음 해보는 목숨을 건 전투였다.

'내 물건들이……'

손전등, 등산복도 그렇고 핸드폰과 가방 또한 기묘한 힘을 지닌 것 같았다. 가방에 든 물품들을 꺼내 확인하고 싶었지만 그것은 일단 이곳을 빠져나가고 하기로 했다. 이들은 믿을 만한 자들이었지만 보여줘서 좋을 것이 없어 보였다.

'게다가……'

단편적으로 떠오르는 기억이 사실이라면 이곳은 지구와는 완전히 다른 세계라는 말이 되었다. 아직도 믿을 수 없었지만 괴물과 마법까지 본 마당에 더 이상 현실을 도피할 수는 없었다.

"그런데 구울들이 왜 물러간 거죠?"

지온은 그것이 궁금했다. 구울들은 지온의 분전에도 굴하지 않고 계속 밀어붙였다. 그러다 어느 순간, 충분히 유리한 상황임에도 마치 도망치듯 사라졌다.

"핵심을 짚었군, 지온."

카이론은 지온의 말에 표정이 굳어졌다. 그것은 제이란 역시 마찬가지였다.

"일단 이곳에서 빨리 벗어나는 것이 좋을 것 같다."

"맞습니다, 대장."

"바록, 후방을 맡아라. 지온, 나와 선두에 서자."

카이론의 신임 어린 눈빛을 받은 지온은 고개를 끄덕일 수밖에 없었다. 지금은 탈출을 위해서라도 힘을 모아야 할 때였다.

'내 몸 하나는 지킬 수 있을 거야.'

막강한 방어력을 자랑하는 등산복을 입고 있으니 몸에 상처가 날 걱정은 없었다. 이것이 어느 정도까지 막아주는지는 모르지만 마음 한구석이 든든해졌다.

오른손에 손전등을 꽉 쥐고 등산복의 후드를 다시 잘 눌러 쓴 다음 카이론과 함께 선두에 섰다.

"그러고 보니 지온, 여자들 많이 울리게 생겼군."

갑작스러운 바록의 말에 지온은 고개를 돌려 바록을 바라보았다.

"제 얼굴이요?"

"음, 하지만 남자는 역시 건강한 육체! 근육에서 뿜어져 나오는 남성미다!"

"시시한 농담 할 때가 아닙니다. 아! 지온이 잘생긴 건 사실입니다."

제이란이 바록의 말에 그렇게 대답하다가 지온을 보며 말을 마쳤다.

"잘생겼다는 말은 처음 듣네요. 우럭을 닮았다고 해서 어려서부터 놀림을 받았거든요."

"우럭? 그건 무언가?"

카이론이 묻자 지온은 피식 웃으며 입을 떼었다.

"음, 굉장히 못생긴 물고기예요."

"하하, 누가 지온을 놀렸는지 참 웃기는군. 아마 오크들이 그러지 않았을까? 바록의 경우, 여자들 사이에서는 미니 트롤이라 불리고 있지."

몬스터의 출현으로 무거웠던 분위기가 조금은 밝게 변했다. 너무 분위기가 무거우면 좋지 않음을 잘 아는 카이론이었다.

육체가 바뀌면서 자신의 얼굴도 바뀐 것일까? 지온의 입장에서는 더 이상 놀랄 것도 없었다. 왼손으로 자신의 얼굴을 만져 보자 확실히 전과는 달리 매끄럽고 고운 피부가 만져졌다. 뼈의 대략적인 형태도 가늘게 느껴졌다.

농담 섞인 소리를 하며 그들은 탈출로를 찾아 이동했다. 구울이 언제 나올지 모르니 결코 긴장의 끈은 놓지 않았다.

한참을 앞서 나아가던 카이론이 멈춰 서자 일행의 걸음이 모두 멈추었다.

"지온, 이게 뭔지 알겠나?"

"배설물… 같은데요. 그것도 상당히 큰."

굳어 있는 덩어리에서는 악취가 풍겨왔다. TV에서 보았던 코끼리 똥보다도 더 거대해 보였다.

"구울이 물러난 이유를 알 것 같군."

카이론의 말에 침묵이 자리 잡았다. 지온도 대충 눈치를 채고 있었다. 배설물에 섞인 뼈들을 볼 때 결코 정상적인 것을 먹은 것 같지는 않았기 때문이다.

'먹이가 구울일 수도…….'

지온의 온몸에 소름이 돋았다. 만약 지온의 생각이 맞다면 엄청난 위험에 직면한 것이 된다.

"대장, 제가 보고 있는 것이 그놈의 것이 맞나요?"

"그래. 우리는 지금 위험 상황 37조에 기재된 상황에 직면한 것이다."

"아직 놈이 우리를 발견하지 못했으니 빨리 피하면 괜찮을 겁니다. 어쩌면 이것이 더 좋은 기회가 될 수도……."

쿵! 쿵!

제이란의 말이 멈췄다. 갑자기 울리는 진동이 그의 입을 닫게 만든 것이다.

"뭐, 뭐가 오고 있는 것 같아요!"

지온은 어두운 곳에서 뭔가 일렁이는 것을 발견했다. 먼지가 사방으로 날리며 자신 쪽으로 밀려들어 오고 있었다. 복도를 울리는 진동은 몸을 들썩이게까지 만들었다.

"젠장! 트롤이다!"

"쿠워워워워!"

지온은 다급히 손전등을 켰다.

뿜어져 나온 라이트 세이버가 주위를 더욱 환하게 밝히자 트롤의 모습을 자세히 볼 수 있었다.

바록이 아이처럼 느껴질 정도의 덩치를 자랑하는 거대한 트롤.

"바록, 미니 트롤이라고 했던 거, 그거 분명 욕일 거예요."

"멋진 모습이긴 하지만, 더럽긴 하군."

얼이 빠져 말하는 지온의 말에 대답한 바록은 주춤 뒤로 물러났다.

"나, 나는 맛없어!"

"농담할 때가 아닙니다."

바록의 말에 제이란이 그렇게 대꾸했다. 제이란의 말처럼 지금은 농담을 할 상황이 아니었다.

쿠룩!

잠시 멈춰 선 트롤은 쭉 찢어진 눈으로 일행을 바라보았다. 화가 단단히 났는지 콧김까지 뿜어대며 몸을 꿈틀거렸다.

이빨에는 썩어들어 가는 시체들이 잔뜩 끼어 있었다. 고약한 냄새가 사방에 진동하기 시작했다.

쿠오오오!

고막을 찢어버릴 듯한 울부짖음이 들려왔다. 보통 트롤과는 체격 자체가 달랐다. 오우거까지는 아니었지만 비슷한 위압감이 흘러나올 정도였다.

그 압도적인 모습에 지온은 온몸이 굳는 것을 느꼈다. 대형 몬스터는 단번에 지온의 정신을 패닉으로 몰고 갈 만큼 현실성이 없었다.

트롤이 몸을 풀더니 복도를 자신의 몸체로 가득 메우며 달려들기 시작했다.

"피해!"

트레저 헌터들은 신속하게 뒤로 피했지만 상대적으로 움직임이 느린 지온은 트롤의 몽둥이질을 피할 수 없었다.

늘 긴장하며 움직일 준비를 하는 것이 습관이 된 그들과 달리 긴장하면 몸이 굳는 전형적인 평범한 사람이었다.

쾅!

"지온!"

트롤의 몽둥이질이 지온의 머리에 작렬했다. 지온은 퍼뜩 정신이 들었다. 그리고 자신이 공격당하고 있다는 것을 깨달았다.

기이해진 등산복은 방어뿐만 아니라 몸에 전달되는 충격도 분산시켜 주는 것 같았다. 머리가 띵한 느낌이 들었지만 정신을 잃을 정도는 아니었다.

'윽! 겨, 견딜 만하네.'

축구공에 강타당하는 느낌과 비슷했다.

문득 아래를 내려다보자 자신의 발목이 바닥에 묻혀 있는 것이 보였다. 트롤의 무지막지한 힘이 지온을 내리눌러 땅바닥에 박아버린 것이다.

단단하기만 한 등산복이었다면 진즉에 온몸이 터져 버렸을 것이다. 지온의 입장에서는 등산복이 이러한 능력을 지니게 된 것이 천만다행이었다.

멀쩡해 보이는 지온의 모습에 트레저 헌터들은 모두 입을 떡하니 벌릴 수밖에 없었다. 자신의 몸을 살피는 모습에서는 여유마저 느껴졌다.

"지, 지온! 우리를 위해서 시간을 벌어주는 건가?"

마스터의 싸움에 자신들이 도와줄 것은 분명 없을 것이다. 카이론은 그렇게 판단하고 다급히 탈출로를 모색하기 시작했다.

하지만 그들이 보는 것처럼 지온이 여유로운 것은 아니었다. 오히려 당황하며 허둥거릴 뿐이었다. 공격이 더해질수록 충격이 강해지는 것을 느꼈다.

이 이상의 충격이 오면 몸이 견뎌내지 못할 것 같았다.

'공격해야 해!'

자신에게는 엄청난 절삭력을 자랑하는 라이트 세이버가 있지 않은가?

"응?"

몸을 움직이려 했지만 움직여지지 않았다. 바닥에 단단히 박혀 버린 발목이 빠지지 않았기 때문이다.

"미친!"

쿠워워워!!

화가 난 트롤이 광속의 몽둥이질을 시작했다. 엄청난 힘으로 마치 바닥에 못을 박듯이 지온의 머리를 난타했다.

"으윽!"

바닥에 점점 파묻혀 가는 지온의 몸을 이제는 넋을 놓고 바라보는 일행이었다.

'이, 이 자식이!'

지온이 라이트 세이버를 들어 몽둥이를 막아보았다.

서걱!

몽둥이가 가볍게 절단 나더니 트롤의 무게중심이 앞으로 쏠렸다. 온 힘을 다해 몽둥이를 휘둘렀던 모양이다.

"자, 잠깐!"

라이트 세이버를 들어 트롤을 베기는 했지만 워낙 빠르게 자신에게 넘어져 가슴에 긴 상처를 내는 것에 그쳤다.

쿠워워워!

상처가 아픈지 트롤은 지온을 깔아뭉개고는 온몸을 비틀며 난리를 치기 시작했다.

둥! 둥! 둥!

바닥에 금이 가기 시작했다.

"머, 멈춰!"

지온은 트롤의 냄새나는 가슴에 묻혀 고역을 치렀다. 한참 난동을 부리던 트롤이 갑자기 자리에서 일어났다. 트롤이 지온을 바라보았다.

씨익—

트롤이 웃음 짓는 것 같았다. 그것은 비웃음이 분명했다.

"아……!"

지온의 눈앞이 점점 꺼멓게 변했다. 트롤이 그 자리에서 강하게 뛰어 온몸을 던진 보디 프레스를 시전해 들어왔다.

콰아아앙!

금이 간 바닥이 무너지며 지온과 트롤은 빠르게 아래로 떨어져 내려갔다.

"윽!"

지온은 여기저기 솟아 있는 돌에 얻어맞으며 튕겨나갔다.

쿠웩!

그것은 트롤도 마찬가지였다. 돌무더기에 난타당해 어디론가 사라지는 트롤의 몸이 지온의 빙글거리며 돌아가는 시야 사이로 보였다.

'꼴좋다!'

지온의 시야가 어지러워졌다. 벽에 튕기고 돌에 찍히는 것이 반복되었다. 보통 인간이라면 진즉에 육체가 부서졌을 것이다. 등산복 덕분에 충격이 있기는 하지만 트롤이 내려친 것보다는 훨씬 참을 만했다.

콰아앙!

바닥에 닿으며 엄청난 굉음과 함께 먼지가 피어올랐다. 큰 소음 때문에 귀가 얼얼했다.

추락이 멈췄음을 직감한 지온은 몸을 일으키려 했지만 실패하고 말았다.

"…젠장."

떨어져 내리는 충격에 몸이 반쯤 바닥에 박혔기 때문이다. 진한 한숨이 새어 나왔다.

차라리 기절하고 싶은 지온이었다.

제2장

대마수의 저주

SAVER
섬광의
세이버

"내가 혹시 미쳐 버린 게 아닐까?"

차라리 그 편이 현실성 있지 않을까?

어둠 속에서 환한 빛을 밝히는 라이트 세이버가 눈에 들어왔다. 평범한 손전등이었던 그것이 저렇게 위력적인 광선을 뿜는 라이트 세이버가 되어버린 것이다. 게다가 등산복은 막강한 방어력을 자랑했다.

아무리 생각해도 꿈같은 상황이었다.

"도대체 내가 어떻게 된 걸까?"

지온은 멍하니 바닥에 꽂힌 채 어두운 천장을 바라보았다. 정신이 멍해지다가도 다시금 뚜렷해졌다.

그는 한동안 그렇게 있었다. 답답한 마음을 정리하고 싶어서였다.

"나는 등산을 하고 싶었던 건데……."

건전한 취미를 가져 볼까 해서 시작한 등산이다. 제대로 된 장비를 갖춘 것은 아니지만 나름 잘 준비했다고 생각했다. 그런데 자신도 모르는 이상한 상황에 처하게 되어버렸다.

지금까지 있었던 일들이 마치 꿈처럼 느껴졌다. 트레저 헌터라는 사람들을 만나고, 괴물과 만나서 라이트 세이버로 싸우고, 마지막에는 높은 곳에서 떨어져 바닥에 박혀 있는 것이다.

"이 모든 것이 현실이라니…… 하하!"

이따금씩 머릿속으로 떠오르는 영상들이 지온의 적응력을 높여주고 있었다. 마치 그것은 또 다른 그의 기억처럼 그의 의식 일부에 자리를 잡아가고 있었다.

혼란스러웠지만 헤매지는 않고 오히려 침착해지는 것을 느꼈다.

"그 괴물들, 더는 보고 싶지 않아."

허공에 뜨려는 정신을 간신히 붙잡은 지온은 괴물이 또 있을 수 있다는 불안감에 휩싸였다. 이렇게 계속 있다가는 끔찍한 꼴을 당할 수도 있다.

그 생각이 들자마자 필사적으로 몸을 꿈틀거리기 시작했다.

"으윽! 젠장! 빠져라!"

다행스럽게도 그렇게 단단한 바닥이 아닌지 조금씩 부서져 내리며 몸이 움직여지기 시작했다.

지온의 꿈틀거림은 지렁이를 연상시킬 만큼 필사적이었다. 괴물이 나타나지 않아도 이 바닥에서 영원히 빠져나가지 못한다면…….

'분명 끔찍하게 굶어 죽을 거야.'

필사적인 마음이 통해서일까?

얼마 지나지 않아 상체를 일으킬 수 있었다. 생각보다 땅이 무른 것이 다행이라면 다행이었다. 돌가루가 후두두 바닥에 떨어졌다.

"여긴 어디지? 도대체 얼마만큼이나 떨어진 거야?"

지온은 라이트 세이버를 쥐어 들고 주위를 둘러보기 시작했다. 라이트 세이버의 빛이 조금 전보다 어두워 제대로 보이지 않았다.

"이런, 배터리가 닳은 건가?"

확실히 처음 봤을 때보다 조금은 빛의 양이 줄어든 것 같았다. 정확히 파악되지는 않았지만, 가지고 있는 무기는 이 위력적으로 변한 손전등밖에 없었다. 배터리가 닳는다는 말은 언젠가 이 빛이 사라져 버린다는 말이 된다.

그렇게 된다면 유일한 공격 수단이 없어지게 된다. 어떤 위험이 존재할지 모르는 세계에서 공격 수단을 잃는 것은 반쯤 목숨을 잃은 것과 같았다.

지온은 점점 불안해지기 시작했다.

'필요할 때만 쓰자.'

그것이 지온이 할 수 있는 최선의 방법이었다.

주위를 둘러보자 암흑은 아니었다. 라이트 세이버를 끄자 확실히 그것을 더 잘 느낄 수 있었다. 손전등으로 변한 라이트 세이버를 가방에 잘 넣고는 빛이 나오는 쪽을 자세히 바라보았다.

어둠 가운데 은은하게 흘러나오는 빛줄기가 보였다.

"하하, 꼭 죽으라는 법은 없구나."

지온이 떨어진 곳은 인위적으로 만들어진 공간 같았다. 던전이라는 것에 대해서는 잘 모르지만 아까 그가 떨어지기 전에 있었던 곳보다 신경 써서 만든 것 같이 보였다.

"함정이 있지 않을까?"

화살이 날아오거나, 바닥이 푹 꺼지거나, 독 연기 따위가 나오는 함정. 지온이 함정 하면 떠오르는 것은 이런 것들이었다. 물리적인 것은 그렇게 많은 신경을 쓸 필요 없었지만 독 연기 같은 것은 이 등산복이 막아줄지 의문이었다.

'하지만 어쩔 수 없어. 가볼 수밖에.'

지온은 침을 꿀꺽 삼키며 조심스럽게 빛을 향해 한 발 한 발 내디뎠다. 문 같이 생긴 곳에서 은은한 빛줄기가 지온에게로 뻗어오고 있었다. 기이한 빛깔을 지닌 빛줄기였다. 무지개를 보는 듯했다.

그 문으로 다가가 손을 뻗어 만져 보았다. 굉장히 매끄러운 재질이다. 빛이 약해 잘은 보이진 않았지만 어떤 조각 같은 것이 되어 있는 듯했다.

지온은 빛을 응시하다가 힘을 주어 문을 밀어보았다.

그르릉—

돌문이라 잘 열리지 않을 것이라 생각하고 세게 힘을 주었는데 의외로 상당히 잘 열렸다. 팔이 쑥 들어가는 느낌과 함께 지온의 몸이 앞으로 쏠렸다.

"윽!"

눈부신 빛이 터져 나왔다. 간신히 균형을 잡아 넘어지는 것을 면한 지온이다.

"여긴?"

지온의 눈에 보이는 것은 무척이나 거대한 홀이었다.

삭막한 던전이라는 곳과는 어울리지 않는, 빛이 충만한 그런 곳이었다.

벽에 달린 푸른 수정에서 빛무리가 터져 나오고 있고, 중앙에 있는, 그 끝이 안 보일 정도로 거대한 조각상이 제일 먼저 눈에 들어왔다.

굉장히 아름다운 빛이었지만 그것을 신경 쓸 수 없을 만큼 차분하게 내려앉은 분위기가 지온을 긴장시키게 만들었다.

문밖의 공기와는 무언가 달랐다. 무언가 압박하는 것처럼 몸이 무거워지는 기분이었다.

"용? 아니, 서양 쪽의 드래곤 같군."

하지만 뚱뚱한 모습이 아니라 전체적으로 날렵하고 잘빠진, 아름다운 선을 가지고 있었다.

어떤 대단한 장인이 만든 것일까? 아니, 애초부터 이러한 크기로 만들 수가 있는 걸까?

지하에 이런 넓은 공간을 만들 수 있다는 것 자체도 무척이나 신기했다.

"아......!"

보면 볼수록 무언가 시선을 뗄 수 없는 아름다움이 존재했다.

사람을 홀리게 하는 마력.

어떤 특별한 것이 깃들어 있는 조각상 같았다. 신비나 마법 같은 쪽에는 문외한인 지온이 느낄 정도이니 분명 보통 조각상은 아닐 것이다.

"가까이 가도 되겠지?"

세심하게 주위를 살피는 것도 잊지 않았다. 바닥을 두드려 보고 괜히 돌을 주워 던져 보기도 하며 천천히 조각상으로 다가갔다.

"음?"

어깨춤에서 따끔한 통증이 느껴졌다. 욱신거리는 느낌과 함께 혈관을 타고 얼음이 기어 다니는 그런 느낌이 엄습해

왔다.

눈이 침침해졌다.

마치 검은 안개가 주위를 잠식하는 것같이 시야가 좁아지는 느낌이 들더니 갑작스럽게 불이 꺼지듯 빛이 사라졌다.

어떠한 빛도 살 수 없는 순수한 암흑 공간.

단순한 어둠이 아니라는 것을 지온은 본능적으로 직감했다.

온몸을 굳게 하는 두려움이 엄습해 왔다. 턱 막혀 버린 호흡이 지온을 괴롭게 했다.

화악!

순간 어둠이라는 액체가 밀려나는 듯한, 마치 어둠이 두려워 도망치는 듯한 착각이 들었다.

명확한 의지를 가진 듯 덮쳐온 그 어둠 사이에서 지온은 찬란하게 빛나는 황금을 보았다.

그것은 눈동자였다.

빛을 뿌리는 거대한 황금빛 눈동자.

어둠 속에서 찬란하게 빛나는 황금을 보았다. 세상에서 볼 수 없을 것 같은 찬란한 빛을 뿌리는 거대한 황금빛 눈동자.

정신이 나가 버릴 것만 같았다. 거대한 파도 앞에 발가벗겨져 세워진 것 같은 그런 공포가 밀려왔다.

보고 있는 것만으로도 온몸이 불타오를 것만 같았다.

"으윽!"

지온이 머리를 붙잡음과 동시에 천천히 시야가 회복되었다.

"뭐, 뭐였지, 그건?"

두려웠다. 구울이나 트롤을 보았을 때도 이 정도는 아니었다. 아마 더 그 눈동자와 마주치고 있었으면 분명 미쳐 버리거나 죽을 것이다.

지온은 식은땀을 흘리며 거친 숨을 내쉬었다. 따끔한 어깨의 통증도 많이 가라앉아 이제는 느껴지지 않았다.

그전에 보았던 영상과는 다른 느낌이다. 그전에 보았던 영상은 잊고 있던 또 다른 기억처럼 느껴졌지만 그 거대한 황금 눈동자는 누군가가 강제로 끼어든 것 같은 억지감이 느껴졌다.

"진정해. 아무것도 아닐 거다."

그저 영상일 뿐이다. 두려워하지 않아도 된다. 자신에게 그렇게 말하며 떨리는 몸을 진정시켰다.

지온은 고개를 세차게 흔들고는 다시 조각상으로 향했다. 무엇 때문에 이렇게 다가가고 싶은지 그조차도 몰랐다. 조각상 바로 앞까지 도달한 지온은 천천히 조각상을 둘러보기 시작했다.

"아름답다. 분명 사람이 만든 것이 아닐 거야."

마치 살아 있는 모습 그대로를 박제해 놓은 것 같았다.

비늘은 광택이 흘렀고 머리를 들고 있는 모습이 너무나도 생동감 넘쳐 금방이라도 날아오를 것만 같았다. 예술 쪽에는 문외한인 지온이었지만 만약 지구에 이런 조각이 나타난다면 분명 어마어마한 파장을 몰고 올 것 같았다.

"돌은 아닌 것 같은데?"

보석처럼 빛나는 표면은 도저히 일반적인 돌이라고는 생각할 수 없었다.

지온은 무엇에 홀린 듯 손을 뻗었다. 그 움직임은 자못 신상(神像)에 다가가는 사제처럼 성스러울 정도였다.

비늘에 닿는 순간 지온의 손이 움찔하고 떨렸다.

최초에는 차가웠다.

지온이 상상했던 것처럼 거대한 용의 동상은, 비늘의 촉감은 차가웠다. 하지만 그러한 생각이 오래가지는 못했다.

"이것은… 체온?"

기이하게도 차가움 뒤에서 어떤 따듯한 기운이 손끝으로 퍼져 나갔다.

지온의 두 눈이 크게 떠졌다.

두근!

느껴지는 것은 따듯한 기운뿐만이 아니었다. 지온의 전신을 뒤흔들어 놓는 거대한 맥동.

마치 세차게 자신의 몸을 때리는 듯한 감각에 몸이 조금씩 떨려왔다.

두근!

지온이 놀라 손을 떼려는 순간이었다.

[무수한 세월을 뚫고 드디어 이곳까지 도달하였는가, 인간이여.]

흠칫!

손을 타고 체온과 심장 박동이 전해져 오듯이 지온의 피부와 혈관을 타고 어떤 의지가 전해져 왔다.

전신의 감각을 송곳처럼 찌르는 거대한 의지.

세포 하나하나가 움츠러드는 듯한 위압감이 전신을 찔러 왔다.

"조각상이… 말을?"

손끝으로부터 느껴지는 의지의 흐름이 너무나도 선명했다.

"착각은 아니겠지? 분명 말을 했어."

[그대에게 전한 의지, 그것은 분명 거짓이 아니다. 실제로 내 목소리를 듣고 있지 않는가.]

노랫소리 같은 중성적인 목소리. 머릿속에 직접 들리는 작은 소리일 뿐인데도 정신을 홀려 버릴 것 같은 무척이나 아름다운 매력이 담겨져 있었다.

단지 아름다움뿐만이 아니었다.

거역할 수 없는 위엄이 담겨 있어 지온으로 하여금 절로 움츠리게 만들었다.

멍한 정신을 되찾자 화들짝 놀랄 수밖에 없었다. 조각상이 말을 한다는 건 있을 수 없는 일이었기 때문이다.

"그렇군. 마법 같은 건가?"

이곳은 마법이 존재하는 세계이다. 어쩌면 그렇게 놀랄 만한 일이 아닌 것일 수도 있다. 마법이라는 것은 지온이 이해할 수 없는 미지의 것이었지만 받아들이지 못할 정도는 아니었다.

'그런 괴물도 있으니 조각상이 말한다고 해도 이상하지는 않아.'

지온은 그렇게 생각하며 침착하게 정신을 가다듬었다. 겁에 질린다거나 공황상태에 빠지는 일은 충분히 겪었기 때문이다.

지금은 그 끔찍했던 트롤을 만나도 침착하게 상대할 수 있을 것만 같았다.

'경험이라는 거겠지.'

지온은 한눈에 담겨지지 않는 조각상을 다시 차분하게 바라보았다.

지구의 신화에서도 이러한 비슷한 것이 있지 않은가?

그렇게 생각하니 조금은 마음이 편해졌다.

[무엇을 찾기 위해 이곳에 도달하였는가? 여기서는 그대가 원하는 그 무엇도 얻을 수 없다.]

"원하는 것?"

[인간들은 진리를 찾기 위해, 보물, 혹은 명예, 그 모든 것을

누리기 위해 위대한 존재를 찾지.]

지온은 살짝 한숨을 내쉬었다. 적어도 실마리라도 알았으면 하는 바람이 있었다. 지온은 조각상의 존재가 상당히 궁금해졌다.

조각상의 말은 자신의 몸을 울리는 무언가가 존재했다. 그 느낌은 말로써는 설명할 수가 없었다.

굉장한 위엄이 흐르긴 했지만 나쁜 존재 같지는 않게 느껴졌기에 망설임 없이 입을 떼었다.

"당신의 정체가 뭐죠? 조각상은 아닌 것 같은데."

[그대는 여기가 어딘지, 그리고 내가 누군지 모르고 이곳에 찾아온 건가?]

지온이 살짝 고개를 끄덕였다.

"나는 아무것도 모르겠어요. 말해줄 수 있나요?"

[이곳은 순수한 빛이 뿜어져 나오는 곳. 근원의 사원, 그리고 가장 사악하다고 알려진 대마수가 봉인된 장소.]

"대마수?"

[그래. 그대의 눈앞에 있는 내가 바로 그 대마수이다.]

지온은 두 눈을 깜빡였다. 가장 사악한 대마수가 눈앞에 있다고 한다. 하지만 그다지 공감이 되지는 않았다. 눈앞에 있는 이 거대한 용이 살아 움직인다면 그것에서 오는 공포감보다는 더욱 아름다울 것 같다는 생각이 지배적이었다.

"대마수란 건 용인가요?"

[나를 용과 같이 취급하지 마라. 나는… 대마수일 뿐이다.]

"아, 죄송합니다."

용, 서양의 드래곤을 연상시키는 외형이지만 지온은 그것을 말하지 않기로 했다. 용이란 것을 극히 싫어하는 듯 보였기 때문이다.

지온에게는 대마수로부터 울리는 목소리가 깨끗한 흰색으로 보였다. 가장 사악하다는 것과는 전혀 어울리지 않을 것 같았다.

"대마수라……. 대단하군요."

[할 말은 그것뿐인가?]

지온은 곰곰이 생각하다가 입을 떼었다.

"음, 그다지 사악해 보이지는 않는데요?"

[인간이여, 내가 두렵지 않은가? 내가 증오스럽지 않은가?]

"글쎄요. 무섭다기보다는 말을 나눌 수 있는 존재가 있어 그나마 다행인 것 같다는 생각만 드네요."

지온은 자신조차도 놀랄 만큼 침착함을 유지했다.

허둥거리지 않고 침착하게 대화할 수 있는 자신에게 놀라움을 느꼈다. 자신의 몸이 바뀌면서 무언가 변화가 온 것 같았다.

[바보인가, 아니면 똑똑한 건가?]

"바보 쪽에 가까울지도 모르겠군요. 예전부터 똑똑하다는 말은 한 번도 듣지 못했으니까."

[흥미롭군. 나는 그대의 존재가 흥미로워지기 시작했다.]

지온은 이 대마수라는 존재가 밖으로 나갈 수 있는 길을 알지도 모른다고 생각했다.

"밖으로 나가는 길을 아시나요?"

엄청나게 밑으로 떨어진 것 같은데, 올라갈 출구가 있을지 의문이 들었다. 하지만 들어오는 곳이 있으면 나가는 곳도 있게 마련 아닌가?

[없다. 하지만 나가는 문이 있기는 하지.]

지온은 주위를 둘러보았다. 들어온 문 반대쪽에 거대한 문과도 같이 생긴 형상이 있는 것을 보았다.

"저것인가?"

지온은 문을 바라보았다. 약간은 투명하게 빛나는 쇠사슬이 문을 단단히 둘러싸고 있었다. 쇠사슬을 쫓아 시선을 옮기자 조각상까지 그 쇠사슬이 둘러져 있음을 알 수 있었다.

빛이 닿지 않을 때면 투명하게 사라졌다가 빛이 닿을 때 잠깐 모습을 드러내고 있었다.

"쇠사슬?"

[그래, 얼마나 세월이 지난 것인가? 가늠조차 되지 않는다. 무수한 세월 속에서 나를 죽이며 나를 속박하는 것 중 하나이다.]

"저걸 끊으면 나갈 수 있는 건가요?"

[그렇기야 하겠지. 하지만 불가능하다.]

지온은 결심을 굳혔다. 나갈 문이 없다고 이대로 여기서 평생 있을 생각은 없었다. 어떻게든 저 쇠사슬을 끊고 문을 통해 밖으로 나갈 생각이었다.

지온은 손전등을 꺼내 정면에 겨눈 다음 스위치를 눌렀다.

부웅—

존재를 드러낸 라이트 세이버가 환한 빛을 뿌리며 날카로운 예기를 분출해 냈다.

지온은 호기롭게 공중에 몇 번 라이트 세이버를 휘둘렀다.

"조금은 멋지지 않을까?"

철없는 생각이지만 그런 생각을 하자 두려웠던 마음이 조금씩 옅어지는 것 같았다. 게다가 마치 진짜 검사가 된 것 같은 느낌에 조금 흥분되기 시작했다.

"좋아!"

궤적을 남기는 모습은 상당히 아름다웠다. 그것을 잠시 바라보던 지온은 라이트 세이버를 두 손으로 꽉 쥐었다. 그리고 정면에 있는 쇠사슬을 응시했다.

이걸로 벤다면 어떤 식으로든 베어지지 않을까? 라이트 세이버의 무지막지한 절삭력을 몸소 경험해 본 지온은 그렇게 생각했다.

[그만두어라.]

목소리는 대마수에게 손이 닿았을 때보다 희미하게 들렸다. 지온은 긴 숨을 내쉬며 잠시 눈을 감았다.

"시도는 해봐야겠지요."

감았던 눈을 뜸과 동시에 문을 향해 전력으로 달려들기 시작했다.

[그만둬라! 그러다 너는······.]

대마수의 목소리가 완전히 들리지 않았다. 지온은 최대한 힘 있게 뛰어 쇠사슬을 향해 라이트 세이버를 휘둘렀다.

두웅─

"윽?!"

지온의 몸이 공중에서 멈추어 섰다.

쇠사슬에 닿기 전에 어떤 장막 같은 것에 닿은 느낌이 들었다. 자세히 바라보자 라이트 세이버가 닿는 부분에 강한 스파크가 일어나고 있었다.

어마어마한 절삭력을 지닌 라이트 세이버가 그 장막을 베지 못하고 있는 것이다.

쾅!

눈앞에서 섬광이 폭발했다. 엄청난 반동이 느껴지기 시작했다.

"우앗!!"

들고 있던 라이트 세이버와 함께 지온의 몸이 빠르게 뒤로 튕겨져 나갔다.

"윽! 우, 우악!"

바닥에 닿자마자 몸이 마구 회전하며 사정없이 굴렀다. 시야가 빠르게 바뀌어 제대로 정신을 차릴 수가 없었다.

　우당탕! 쾅!

　"윽!"

　대마수에게 부딪치고 나서야 겨우 멈춰 설 수 있었다. 눈이 팽팽 도는 느낌에 머리를 부여잡았다. 몇 바퀴를 돌았는지 균형이 안 잡힐 지경이다.

　지온은 치미는 구토 때문에 얼굴을 찡그렸다.

　[살아 있는가, 인간이여?]

　"어, 어떻게든요."

　눈을 깜빡거리며 멍하니 자신의 손에 들린 라이트 세이버를 바라보았다. 잠시 치치직거리며 깜빡거리다가 본래의 빛을 다시 뿜어내었다.

　[신기한 걸 가지고 있군. 봉인의 장막에 타격을 줄 정도의 절삭력이라니. 오랜 신비를 지닌 무구임에 틀림없다. 왠지 익숙한 느낌이 드는 것이……]

　굉장한 충격이었다. 등산복을 입었음에도 이 정도 충격을 받았다는 건, 만약 입지 않았을 경우에는 충분히 몸이 분쇄당할 만했다.

　확실히 트롤에게 받은 충격보다 서너 배는 강한 충격이었다는 것을 느낄 수 있었다.

　지온의 온몸에 소름이 돋았다. 등산복이 없었더라면 오늘 서너 번은 더 죽었을 것이다.

"으, 으후! 진짜 죽을 뻔했어."

[말을 끝까지 듣는 것이 좋을 것이다. 아까운 그대의 목숨, 허무하게 버릴 수는 없지 않는가?]

"정말 나갈 방법이 없는 겁니까?"

[인간의 힘으로는 무리다.]

절망적인 사형 선고가 내려졌다. 지온은 한숨을 푹 쉬며 대마수를 바라보았다.

"그럼 여기서 굶어 죽으란 말입니까? 그냥 이렇게?"

[인간의 힘으로는 무리라고 했다. 묻겠다. 결혼은 하였는가?]

"응? 이 상황에 무슨……."

[대답해라. 이는 그대와 나에게 있어서 무척이나 중요한 것이다.]

압박감이 느껴지는 목소리에 지온은 고개를 저었다.

우락부락하게 생긴 얼굴 탓에 지구에서의 지온은 여자와 인연이 전혀 없었다. 가까이 다가갈라 치면 소스라치게 놀라며 기겁하는 여인들 때문에 상처를 입은 적이 한두 번이 아니었다.

덩치도 산만 한데 힘 좀 쓰는 조폭 같은 인상이 너무나도 강한 까닭이었다.

[하긴, 이상적인 신체 구조는 아니다.]

"하, 하하! 그래도 전보다는 나아진 것 같지만……."

[그러면……]

원인 모를 이유로 육체가 바뀐 바람에 예전 지온의 모습과는 완벽히 달랐다.

상극이라는 편이 더 옳을 것이다.

자신의 얼굴을 본 적이 없는 지온이지만 만져 보는 것만으로도 생각 이상으로 곱다는 것은 알 수 있었다.

못생기기는 했지만 예전 자신의 얼굴이 그리운 지온이었다. 자기 자신이 아닌 육체를 지니게 되니 예전의 자신이 부정당하는 느낌이 들었다.

'마치 내가 지워지는 것 같아.'

원래의 모습은 단지 기억 속에서만 존재할 뿐이었다. 자신의 머리에 무슨 문제라도 생겨 그 모습을 잊게 된다면 어떻게 될까?

'그렇게 된다면 나는 누가 되는 거지?'

정신이 아득히 멀어지는 것 같다. 쥐고 있던 자신의 몸을 놓아버릴 것만 같았다.

[정신 차려라!]

"으, 응?"

[대화 중 딴생각을 하는 건 좋은 태도가 아니다. 그것은 예의에도 어긋난 일이지.]

"아, 미안해요. 조금 마음이 답답해져서요."

대마수라고 스스로 지칭하는 존재답지 않은 지적에 지온

은 금방 시선을 되돌렸다.

"이야기를 계속해 주실래요?"

[그대가 그 누구와도 연을 맺지 않은 순수한 영혼 상태라면 방법이 있긴 하다. 들어보겠는가?]

"방법이요?"

지온은 대마수에게 손을 대는 대신 등을 완전히 기대었다.

처음에는 차갑고 거친 비늘의 감촉이 느껴졌지만 점차 따뜻하고 포근한 기운이 퍼져 나갔다.

느리고 미세하지만 몸에서 몸으로 전해오는 대마수의 심장 소리가 자장가처럼 울렸다.

왜인지 대마수의 기분이 직접적으로 전해져 오는 것 같았다. 굉장히 어둡고 외로운, 그리고 고독하며 더없이 고통스러운 몸부림이 느껴졌다.

[일단 나에 대해 아는 것이 있는가?]

"미안하지만 잘 모르겠어요."

지온이 알 리가 없다.

이 세계에 떨어져 몇 시간도 지나지 않았으니 기본 지식조차 없다. 지금 이렇게 순조롭게 적응하고 정상적으로 사고를 할 수 있는 것도 처음 정신을 차리고 본 영상들의 영향이 강했기 때문이다.

자신조차 놀라운 적응력이라 생각했다. 잘은 모르겠지만 육체가 상당히 허약해진 대신에 머리는 그럭저럭 좋아진 것 같았다.

[얼마나 세월이 지난 건지 모르겠군. 내 의지로 움직이는 것을 관둔 지 꽤나 긴 시간이 흘렀을 거야.]

"그렇게 긴 세월을 이곳에 홀로 있었던 건가요?"

[그래. 인간이라면 상상할 수도 없는 세월이지. 인간은 벌써 나를, 그리고 그 전쟁을 망각한 것인가?]

지온은 아니라고 말하고 싶었다. 자신은 다른 세계에서 왔기에 그대를 모르는 것일 뿐이라고 말해주고 싶었다. 하지만 아름다운 목소리에 짙게 깔린 고독에 벌렸던 입을 다물었다.

어떠한 것도 위로가 되어줄 수 없다는 것을 깨달았기 때문이다.

지온은 자신 또한 먹먹한 기분을 느낄 수 있었다.

[그럼 내 소개를 하도록 하지. 타나토스의 오른팔, 지상 최강의 대마수 이브리스 라트락샤. 그것이 나를 표현하는 단어였다.]

"대마수 이브리스 라트락샤……."

지온은 그 이름이 갖는 무게를 느낄 수가 없었다. 단지 어렴풋이 대단한 존재라는 것을 인식하고 있을 뿐이다.

사실 이브리스 라트락샤라는 이름은 결코 가벼운 것이 아니었다. 아니, 오히려 발설하는 것조차 금기시 된 경우가 많았다.

재앙의 대마수.

타나토스의 오른팔.

세계의 한 축이라 일컬어졌던 타나토스가 거두어들인 지상 최악의 마수.

이것이 모두 이브리스 라트락샤를 수식하는 말들이었다.

혹자는 그가 타락한 용이기 때문에 마룡이라 불러야 한다고 말하지만 대마수 이브리스 라트락샤는 자신을 용이라 칭한 존재를 살려둔 적이 없었다.

고대 관련 문헌에서 그 이름을 찾아보면 경악할 만한 업적을 발견해 낼 수 있을 것이다.

수천 년이 지난 지금까지 공포로 군림하고 있었다.

서로 다른 사상, 서로 다른 목적 때문에 벌어진 유래 없을 최대의 전쟁.

고대의 암흑기, 마룡 전쟁, 또는 추락하는 별들이라 불리는 이 거대한 전쟁에서 이브리스 라트락샤는 모든 것을 버리면서까지 필사적으로 싸웠지만 결국 패배했다.

떨어질 것 같지 않던 푸른 별이 지상에 추락하여 봉인된 것은 당연한 수순이었다.

그것은 패배한 세력에게는 어쩔 수 없는 결과물이었다. 대륙의 반이 쪼개져 세 개로 갈라졌고, 많은 목숨이 사라졌다. 그러한 전쟁 속에서 단연 독보적이었던 이브리스 라트락샤는 최악의 재앙이라는 칭호를 받으며 지금까지도 회자되고 있는 것이다.

이브리스 라트락샤의 주인인 타나토스는 신으로 숭배받고 있고, 대마수의 이름은 여전히 대륙 곳곳에 새겨져 있었다.

신화로서, 또는 전설로서.

이브리스 라트락샤는 고대에 있었던 전쟁에 대해 간단하게 지온에게 알려주었다.

"전쟁은 어디서나 일어나는군요."

인간과 인간이 서로를 죽이는 전쟁이 아닌, 신화 속에나 나올 법한 존재들이 벌인 거대한 싸움이었다.

[나에 대해 알려준 것은 서로에 대해 이해할 필요가 있어서이다.]

"그 나갈 수 있는 방법이라는 것 때문인가요?"

[그렇다. 이것은 제안이다. 그대는 충분히 거절할 수 있다.]

지온은 이브리스 라트락샤가 나쁜 존재로는 느껴지지 않았다. 충분히 자기 자신을 이용할 수 있을 법한데도 이브리스 라트락샤는 자신의 권리까지 보장해 주고 있는 것이다.

보통 영화나 소설에서 보면 인간을 벌레처럼 여기는 존재가 용으로도 나오지만 이브리스 라트락샤는 그것과는 궤를 달리하는 존재인 것 같았다.

[나에게는 저주가 걸려 있다. 그것은 나를 죽이고 속박하며 힘을 전혀 쓰지 못하게 만들었지. 그 저주가 풀리게 되면 그대 하나쯤 지상으로 올려 보내는 것은 일도 아니다.]

"저주?"

[그래, 휴식의 종말이라는 정신 계열 마법이지. 본래 나라는 존재는 주인이신 타나토스님을 제외하면 대적할 자가 없었다.]

목소리가 잠시 멈췄다. 살짝 떨리는 듯한 호흡이 들리는 것 같았다.

[하지만 이것만큼은 어쩔 수 없었다. 본래 이건 저주 카테고리에도 들지 않은 금단의 마법이었다.]

"저주… 마법이라…….."

손에서 불덩이가 나가는 것을 봤음에도 사실 실감이 되지 않는 지온이었다.

지온은 등을 완전히 기대었다. 대마수의 아름다운 목소리를 듣고 있으면 몸이 나른해지는 느낌이 들었다. 나쁜 느낌이 아니었다. 오히려 편안하게 느껴지는 그런 신비한 감각이다.

지온은 대마수가 두렵지 않았다. 대마수와 대화를 하고 있으면 잠식해 오는 두려움이 사라지는 느낌이 들어 오히려 편했다.

[그대가 내 저주를 대신 이어받으면 된다. 조건으로 나의 힘을 일부 떼어주지. 그리고 지상으로 보내주겠다.]

"엄청난 힘을 지닌 당신조차 이겨내지 못한 무시무시한 저주가 아닙니까?"

[휴식의 종말은 정신력과 마력, 육체의 그릇에 비례해 그 강도가 달라진다. 인간의 그릇을 지닌 그대에게는 그저 가끔

찾아오는 악몽 정도일 것이다.]

"그럼 당신은……?"

[난… 봉인된 직후 두 번 다시 잠들지 않기로 결심했다. 그로부터 얼마나 시간이 지난 건가. 지옥 같은 시간이었다. 이제는 지쳤다. 내 정신은 오래지 않아 파괴될 것이다.]

지온은 갑자기 힘이 없어진 목소리에 고개를 들어 대마수를 바라보았다. 조각상처럼 굳어 있는 대마수의 몸 위에 쌓인 뿌연 먼지가 굉장히 안타깝게 느껴졌다.

분명 그로서는 짐작할 수 없는 시간을 견뎌왔으리라. 이런 아무도 없는 텅 빈 공간에서 무슨 생각을 하며 견뎌온 것일까?

원수를 증오하며? 아니면 복수를 꿈꾸며?

지온으로서는 알 수 없었다.

[그 세월 동안 많은 탐욕스러운 자가 찾아왔었지. 하지만 순수한 의지로 여기까지 도달한 자는 그대가 처음이다. 그대는 나와 동등하게 계약할 권리가 있다. 나에게 힘을 요구할 자격이 된다.]

"힘이라……."

지온은 자신의 손에 들린 손전등을 바라보았다. 이것을 사용할 수 있는 기간은 분명 유한하다. 지온은 낯선 이 세계에서 자신을 지킬 힘이 필요했다.

결코 죽고 싶지 않았다.

아무것도 모르는 상태에서 희망을 잃기는 싫었다.

'분명 내가 이곳에 온 이유가 있을 거야.'

원인이 없는 결과는 없으니 말이다. 그 이유를 알게 된다면 지구로 돌아갈 수 있지 않을까?

'그때까지 버티기 위해선 강해져야 해.'

막강한 방어력을 자랑하는 등산복이 있기는 하지만 그것만으로는 감당할 수 없을 만큼 많은 변수가 분명 있을 것이다. 지금의 지온으로서는 그 트롤조차 벅차니 말이다.

[분위기가 달라졌군. 성장한 것인가?]

지온의 눈빛이 진지해졌다.

"가끔 찾아오는 악몽 정도란 말이지요?"

그 정도의 대가라면 굉장히 싼 편이 아닐까? 이곳에서 굶어 죽는 것보다는, 그리고 힘이라는 것을 얻는 대가치고는 말이다.

대마수가 거짓말을 하고 있는 것일 수도 있다. 어쩌면 신화 속의 악마처럼 그를 유혹하고 있는 것인지도 모른다. 하지만 지온은 자신의 직감을 믿어보기로 했다.

사상 최악의 재앙이라고 자신을 소개하고 있긴 하지만 지온은 이 존재와 대화를 하며 눈을 감으면 굉장히 빛나는 광경이 머릿속에 그려졌다.

무모할 수 있는 이런 성격 때문에 지구에서도 고생이 많았지만 그는 그것이 잘못된 것이라 생각하지 않았다. 손해를 봐도 자신이 보는 것이다.

믿는다는 것은 결코 나쁘지 않다.

"좋아요. 받아들일게요."

[내가 널 속이는 것일 수도 있다.]

"당신이 내게 거짓말을 할 것 같지는 않습니다."

잠시 침묵이 흘렀다.

벽으로부터 뿜어져 나오는 고요한 빛이 지온에게로 닿았다. 아름답게 물들어 있는 이 광경이 무척이나 신비스럽게 느껴졌다.

도저히 현실처럼 느껴지지 않는 광경이다. 지온은 이 몽환적인 분위기가 상당히 마음에 들었다.

[어째서 그렇게 생각하지?]

"직감이에요. 예전부터 사람 보는 눈이 좋았거든요."

[나는 사람이 아니다.]

"위대한 대마수께서 저를 속여서 무얼 하겠어요? 하하."

지온은 씨익 웃었다. 그 모습이 광장히 유쾌하게 느껴졌다.

마수와 인간은 공존할 수 없는 적이었다.

그런 마수의 정점, 대마수라 불리는 자신에게 있어서 인간에게 힘을 준다는 것은 본래 상상조차 할 수 없는 일이었다. 마수에겐 인간이란 존재는 그저 스쳐 지나가기만 해도 죽는

하찮은 미물에 불과했다. 마수는 오만했고, 그럴 만한 힘을
지니고 있었다.

하지만 결국 졌다.

'자유와 희망이라 했던가.'

인간의 가장 위대한 왕이라 불렸던 그가 그런 소리를 한 것
이 어렴풋이 기억났다.

스스로 빛을 발하는 인간들에게, 그리고 그런 인간들에게
힘을 보태어주었던 종족들에게 져 버린 것이다.

'한계다.'

얼마나 오랜 세월을 견뎌온 것인가?

원망, 증오가 커져 갈수록 한편으로는 안식을 취하고 싶은
마음이 강해졌다.

저주에 걸린 순간부터 자신의 휴식은 종말을 맞았다. 분명
잠에 빠져드는 순간 정신은 잔인하게 찢겨 분해되어 사라질
것이다.

그렇기에 버텼다. 그리고 그것 역시 한계에 달하고 있었
다. 막대한 정신력을 지닌 대마수일지라도 이 오랜 세월을 홀
로 빈 공간에서 버티기란 힘든 일이다.

그래서일까? 첫 손님이라 부를 수 있는 이 푸른 머리 인간
이 그렇게 밉게 느껴지지 않는다. 오히려 기이하게도 지온에
게서 친숙한 느낌을 받았다.

그 제안을 한 것도 어찌 보면 그런 느낌이 들어서일 것이다.

'마치……. 아냐. 그럴 리가 없지.'

대마수는 속으로 웃으며 그것을 부정했다.

"계약이라는 거, 이렇게 그냥 눈 감고 가만히 있으면 되는 거예요?"

[…그럴 리가 없지 않은가. 몇 번이나 말해주지 않았나. 정신을 집중해라. 그대의 정신을 나의 정신 파장에 동조시키는 거다.]

"그렇게 말해도 잘 모르겠어요. 최소 몇 시간은 지난 것 같은데 아무런 변화도 없고……."

대마수에게 자유로운 육체가 있었다면 분명 머리를 부여잡고 한숨을 내쉬었을 것이다. 대마수는 이렇게 재능이 없는 존재는 태어나서 처음 보았다.

고대의 인간들은 이런 부분에서는 굉장히 뛰어났다. 감각 자체는 마수들보다 현저히 낮았지만 정신 감응 부분에서는 뛰어난 자질을 보였다.

그렇기에 드래곤들은 인간들에게 마법을 전한 것이다.

[굉장히 재능이 없군. 마법적인 재능도 육체적인 재능도 전혀 없어.]

"마법은 잘 모르겠는데, 육체는 그런 것 같아요."

[자신의 일을 그렇게 말해도 되는 건가? 슬프지 않나?]

지온은 나름대로 노력하고 있기는 한데 과연 이렇게 해서 계약이 이루어지는지 의문만 들 뿐이다. 마법이나 정신 동조

같은 것은 지온이 느끼고 받아들이기에는 너무나 힘든 종류의 것이었다.

"그런데, 이브님."

[이브?]

"이브리스 라트락샤라는 이름은 너무 길고, 그리고 이브는 아름다운 목소리에 잘 어울리잖아요?"

지온이 피식 웃었다. 손을 대고 있는 것을 멈추고 동상에 등을 기대었다. 차가운 표면이었지만 왠지 따듯한 느낌이 등 뒤로 느껴지는 것만 같았다.

눈을 감으니 무언가 깜빡거리는 빛이 보였다. 지온은 그 빛이 무척이나 기분 좋게 느껴졌다.

"그러고 보니 내 이름을 알려주지 않았군요. 전 지온. 본래의 이름이 좀 긴 것도 같은데, 그냥 지온이라 불러요."

[이런 대우는 처음이군. 그대는 참으로 웃기는 인간이다.]

"좀 더 친해진 것 같고 좋잖아요?"

[마음대로 생각해라. 편하다면 그것으로도 좋겠지.]

대마수의 음성이 조금 전보다 편해졌다고 느낀 그 순간,

시야가 점멸되었다.

무언가에 닿은 듯한 막연한 감각과 함께 몸이 뒤로 확 쏠리는 느낌을 받았다.

멀리서 뿜어지던 빛이 점점 지온에게 다가오더니 이내 지온의 몸이 완전히 빛에 잠겨 버렸다.

"빨리도 오는군."

"여기는?"

머릿속으로만 울렸던 음성이 직접 귀에 들렸다. 지온은 눈부신 빛에 적응하며 눈을 완전히 떴다.

지온의 눈앞에 화려한 드레스를 입고 있는 아름다운 여인이 보였다.

지온은 순간 넋을 잃고 말았다.

세상의 존재하는 온갖 미를 집약시켜 놓은 것 같은 그런 모습이었다.

이보다 더 아름다운 사람이 존재할 수 있을까?

지온의 멍한 표정을 본 그녀는 피식 웃더니 한차례 긴 머리를 쓸어 넘겼다.

"이런 모습은 불편한가?"

"설마 이브님?"

"그래. 내가 바로 이브리스 라트락샤다."

"근데 사람인데요? 어, 어째서 여자……?"

멍한 정신을 수습하며 지온이 물었다.

"계약하기 위해선 이 모습이 편리하지. 게다가 나의 성별은 여자인 것이 당연한 것 아닌가?"

"그, 그렇군요. 하긴……."

중성적이라고 해도 그런 아름다운 목소리에 남자라는 것이 더 이상했다. 목소리와 진정으로 잘 어울리는 모습이라 생각되었다.

"그나저나 여기는 어디지요?"

지온은 주위를 둘러보았다. 황량한 사막과도 같은 곳에 갈색의 하늘만이 펼쳐져 있다. 보는 것만으로도 갈증이 나고 금방이라도 말라죽을 것 같은 공간이었다.

지온은 물기 없는 뜨거운 바람에 갈증을 느꼈다.

"내 정신 세계다."

"응?"

모든 것이 죽어가고 있는 세계였다. 이런 곳이 그녀의 정신이라면 그녀 또한 죽어가고 있는 것이 틀림없었다.

삭막하기 그지없는 공간이었다.

지온은 작게 한숨을 쉬며 바닥의 모래를 손으로 쥐어보았다. 물기 하나 없는 모래가 바스러지며 공중에 날리었다.

"황량하군요."

"존대는 하지 마라. 내 정신에 들어온 이상 그대는 나와 이미 동등한 존재다. 스스로를 내리는 것은 계약에 방해가 될수 있다."

"그래도 되나요?"

"편하게 생각해라. 지금의 난 연약한 인간 여자일 뿐이니까."

지온은 연약하다고 스스로를 말하고 있기는 하지만 큰 박력이 느껴지는 모습에 고개를 끄덕일 수밖에 없었다.

"이쪽이다. 따라와라."

지온은 잠시 앞장서서 걷은 이브의 뒷모습을 바라보았다. 당당하게 걷고 있음에도 그녀의 모습이 무척이나 지쳐 보였다.

"덥군. 지독히 더워."

화끈하게 느껴지기 시작한 열기 속에서 지온은 이브를 따라 걸었다. 발목까지 푹푹 들어가는 모래를 얼마나 걸었을까?

모래가 사라지고 제대로 된 땅이라 부를 수 있는 대지가 나타났다. 하지만 이곳도 사정이 나쁘긴 마찬가지였다. 푸르렀을 풀은 이미 말라비틀어져 죽은 지 오래였다.

그 대지 위에는 부서진 성의 잔해가 가득했다.

"성?"

"최초에는 성이었지. 하지만 지금은……."

제대로 된 건물이 없는, 그저 부서진 잔해. 이브는 이곳에서 지낸다고 지온에게 말해주었다.

지온은 고개를 들어 하늘을 바라보았다. 하늘 대신 그곳에는 반전된 대지가 있었는데 묘지가 빼곡하게 자리 잡고 있었다.

"이런 곳에서 계속 지냈다고?"

이브는 지온의 말에 대답하지 않고 걸음을 멈추었다. 잠시 아련한 눈으로 주위를 둘러보던 그녀는 무릎을 꿇고 앉아 위에 쌓인 잔해를 치우기 시작했다.

"도와줄게."

지온이 낑낑거리며 잔해를 옮기는 것을 보고 살짝 웃는 이브였다.

"꼴불견인 사내로군. 그렇게 힘이 없어서야 어디 쓰겠나?"

"그래도 노력하고 있다고."

지온의 힘겨운 노력에 의해 잔해가 사라지자 드러난 것은 거대한 석판이었다.

그녀의 모습처럼 아름다운 문양들이 새겨져 있었다. 안타까운 점은 무척이나 낡아 보인다는 것이었다.

지온은 그 가운데에서 별처럼 빛나는 큰 구슬을 볼 수 있었다. 아름다운 환한 빛이었지만 중간에 탁한 무언가가 껴 있어 그 빛을 흡수하며 억누르고 있었다.

"이건?"

"내 영혼이다."

"응? 이게 영혼이라고?"

그것은 그녀의 존재 자체이자 그 근원이었다.

지온은 잘 이해는 하지 못했지만 그 구슬로부터 그녀의 존재감을 느낄 수 있었다.

이브는 손을 뻗어 구슬을 만졌다. 구슬 속으로 이브의 손이 닿자 안으로 쑥 들어가 버렸다.

말 그대로 영혼을 찢는 고통에 이브의 얼굴이 일그러졌다.

"으, 크윽!"

구슬이 쪼개지며 탁한 빛깔의 작은 구슬 하나가 떼어져 나왔다. 그 구슬은 공기에 닿자마자 회색빛을 뿜어내며 주위를 잠식해 나갔다. 마치 그녀의 정신을 먹어치우는 것처럼 보였다.

"이것이 저주의 근원이다."

"소름 끼치는 빛깔인데?"

"이걸 가져가라. 그러면 내 영혼력의 일부를 떼어주겠다. 그 정도만 해도 인간으로서는 상상할 수 없는 힘을 가지게 될 것이다."

드래곤의 힘을 얻은 인간은 있어도, 영혼의 일부를 이어받은 인간은 존재하지 않았다.

그만큼 그것은 강력하고 유례 없는 힘의 전승이었다.

고위 존재들 사이에선 진정한 결혼이라고 말할 정도다.

지온은 회색 구슬을 보며 살짝 망설여졌다. 그것을 눈치챈 이브는 지온의 두 눈을 바라보며 입을 뗐었다.

"그만두어도 상관없어."

"아니, 하겠어. 어차피 이대로는 죽을 거잖아? 나도, 그리고 너도."

"알겠다."

이브는 손을 뻗어 지온의 손을 잡아 영혼의 구슬에 닿게 했다. 그리고 회색 구슬을 지온의 가슴팍까지 내밀었다.

"내 힘을 조금 받게 된다고 해도 너와 난 아무런 상관이 없는 것이다. 너도 사악한 대마수와 엮이기는 싫을 테니 말이야."

"나는 상관없어. 사악하다고 해도 그것은 적 입장에서의 이야기잖아? 실제의 넌 분명 다를 거야. 왠지 그걸 알 수 있을 것 같아."

이브는 살짝 놀라며 지온을 바라보았다. 지온의 표정은 어떠한 거짓도 없는 진심이었다.

조금은 바보처럼 느껴질 수도 있는 지온의 눈빛이 이브의 깊게 가라앉은 눈과 맞닿았다.

이브의 눈빛이 살짝 흔들렸다.

잘난 외모 외에는 장점 하나 없는 이 인간은 무엇을 믿고 저런 눈빛을 지닐 수 있는 것일까?

문득 그녀는 자신의 얼굴에 조그마한 미소가 지어진 것을 깨닫고 화들짝 놀라며 시선을 피했다.

"그럼 시작하겠다."

"그래, 빨리 끝내자."

이브는 지온의 웃는 얼굴을 힐끔 바라보다가 눈을 감으며 회색 구슬을 지온의 가슴에 대었다.

지온의 영혼에게서 뿜어지는 반발력과 저주의 근원이 행하는 자체적인 반항이 섞여 이브의 손을 부들부들 떨게 만들었다.

"한 번에……."

지온은 이브의 떨리는 손을 잡았다.

"한 번에 끝내자고!"

쾅!

지온이 힘을 주어 그녀의 손과 함께 구슬을 가슴팍에 박아 넣었다. 동시에 주위의 대지가 터져 나가며 충격파가 발산되기 시작했다.

"이제 힘을…… 응?"

그러나 갑작스럽게 이변이 생겼다.

본래의 의도는 영혼력의 일부를 인간이 감당할 수 있을 만큼만 떼어주는 것.

그러나 지온의 손이 닿는 순간, 마치 블랙홀에 흡수되듯 모든 영혼력이 지온에게로 빨려들어 갔다.

콰아아!

강한 충격이 엄습해 왔다.

탐욕스럽게 자신의 모든 것을 먹어치우고 있었다. 그것은 마치 세상의 모든 것을 빨아들일 기세였다. 너무나도 강력해 도저히 이브로서도 그 기세를 막을 수 없었다. 막기는커녕 이브의 존재가 금방이라도 흩어질 것만 같았다.

"무슨……?"

지온의 얼굴이 고통으로 일그러졌다. 가슴팍에서 화끈한 고통이 느껴졌기 때문이다.

'문신!'

문신이 새겨진 곳이라는 걸 깨닫게 되었다.

"지온! 너는 대체……!"

"으, 으아악! 이, 이런 고통이……!"

콰아아앙!

그녀의 세계가 부서져 갔다. 황량한 대지도, 물기 없는 하늘도 모두 잘게 부서지며 사라져 갔다.

모든 것이 지온에게 빨려들어 가고 있는 것이다. 이브는 갑작스러운 상황에 아무것도 할 수 없었다. 어째서 자신의 모든 힘이 지온에게 빨려들어 가는지 이해할 수가 없었다.

'봉인이 풀렸다?'

잠들어 있던 모든 힘이 깨어나 있다는 것을 느낄 수 있었다. 하지만 문제는 그 모든 것이 지온에게 흡수되고 있다는 것이다.

'이대로라면 나는……!'

지온에게 자아까지 먹혀 버릴 판국이다. 그렇게 된다면 이제는 진정한 죽음을 얻게 될지도 몰랐다.

'조금 더 저놈을…….'

최후의 순간, 결심이 굳어진 그녀는 남아 있는 모든 힘을 응집시키기 시작했다. 그리고 사력을 다해 육체를 재구성했다.

그와 동시에 그녀의 세계가 무너졌다.

지온은 굉장한 소음과 함께 어딘가로 튕겨나가는 것 같은 느낌이 들었다.

잠시 정신을 잃었던 것 같다. 의식을 되찾고 간신히 눈을 떴다.

"꿈이 아니었군."

이 모든 것이 꿈이었다면 좋겠다는 생각이 머릿속을 지배했다. 하지만 어깨로부터 느껴지는 아릿한 통증이 지온의 그런 기분을 배반했다.

지온은 몸을 일으키려다가 따듯한 느낌에 고개를 갸웃할 수밖에 없었다.

물컹―

"응?"

딱딱하게 굳어 있는 목을 돌려 자신의 품을 바라보았다.

"꾸, 꿈인가?"

아름다운 소녀가 자신의 품 안에 안겨 있다. 비단처럼 고운 검은 머리를 지닌, 이목구비 하나하나가 조각 같은 아름다움을 지닌 소녀.

"아……!"

절로 마음이 흐뭇해지는 광경이기는 했다. 꿈이라면 마음껏 이 시간을 즐기고 싶은 모습이었다.

그러나 지온은 점점 이것이 꿈이나 환상이 아닌 현실임을 깨달아갔다. 그러자 식은땀이 그의 이마를 타고 흘러내렸다.

이 소녀의 정체가 어렴풋이 짐작되었기 때문이다. 아름다운 모습을 자랑했던 그 대마수의 조금 어려진 모습이 분명했다.

지온도 이 세계로 넘어오면서 육체가 바뀌어 소년의 모습이 되었기에 지온 비슷한 나이 또래로 보였다.

"으, 으응……."

그녀의 고운 눈꺼풀이 올라가며 아름다운 푸른빛 눈동자가 지온에게로 향했다. 눈동자의 초점이 서서히 잡히며 지온의 눈과 마주쳤다.

"이, 이브?"

"너……."

그녀의 얼굴이 사정없이 일그러졌다.

"무슨 짓을 한 거지?"

"우, 우와악! 자, 잠깐!"

갑자기 밀착해 오는 이브 때문에 뒤로 자빠진 지온이었다. 이브는 지온의 몸에 올라타며 그의 멱살을 잡았다.

"지, 진정해!"

아름다운 나체의 소녀가 지온의 멱살을 잡으며 죽일 듯이 노려보고 있다. 지온의 얼굴이 급격히 빨갛게 물들어가기 시작했다.

도저히 눈을 어디에다 둘지 몰라서였다.

"내 힘을 모조리 다 가져갔더군. 어떻게 된 것이냐!"

"그걸 내가 어떻게 알… 푸훗!"

지온은 다급히 시선을 돌리며 등산복 상의를 벗어 그녀에게 건넸다.

"이, 일단 이걸 입어."

"으음, 지온의 옷인가?"

이브가 옷을 만지작거리며 살펴보았다.

"참으로 특이한 옷이로다. 신비한 힘이 느껴져."

"아, 알겠으니까 빨리 옷이나 입으라고!"

"호오, 이렇게 입는 것인가?

알몸 상태에서도 당당한 모습을 보인 이브는 등산복을 한참 동안 만지작거린 다음에야 입기 시작했다.

이브는 등산복을 걸치고 상의를 탈의하고 있는 지온을 바라보았다.

그녀는 지온의 상체를 보고 놀랄 수밖에 없었다. 정확히 말하자면 지온의 어깨부터 가슴에까지 이어지는 문양을 보고 놀란 것이다.

"그 술식이 어째서 너의 몸에……. 지온, 인간 왕의 후계자인가?"

"응? 그런 건 나도 잘 몰라. 나도 어떻게 된 건지 모르겠다고. 이건 내 육체가 아니고 이곳은 내가 살던 세계도 아니야."

"무슨 말이지? 설명해 봐라."

지온은 한숨을 내쉬며 그가 겪은 상황 모두를 이야기해 주었다. 다른 세계에서 왔다는 것부터 이곳에 도달하기까지를 모두 설명했다.

이브는 지온에게 다가가 지온의 가슴에 손을 올려놓았다. 그가 흠칫 놀랐다.

"으, 뭐하는 거야?"

"가만히 있거라."

이브가 눈을 감고 지온의 봉인 술식 안에 있는 기운을 감지하기 시작했다. 이브의 고개가 한차례 끄덕여졌다.

무언가 알 것도 같은 느낌이 들어서였다.

이브는 지온을 노려보았다.

"이제 어떡할 거지? 내 힘은 너에게 완전히 흡수되었다. 덧붙여서 말하자면 내 영혼도 너에게 묶여 버렸지."

"돌려줄 수는 없는 거야?"

"그렇게 간단한 문제라면 내가 이런 말을 하겠나? 게다가……."

이브의 얼굴이 조금씩 굳어지기 시작했다.

"더 큰 문제가 있다."

무척이나 심각해 보이는 이브의 말에 지온은 침을 한차례 꿀꺽 삼켰다.

제3장

휴식의 종말

SAVER
섬광의
세이버

한 가지 커다란 문제에 직면했다. 휴식의 종말이란 저주는 대괴수용 마법으로 상대가 지닌 육체적인 힘과 정신적인 힘에 비례해서 그 강도가 세지는 정신 계열의 마법이다.

　본래 드래곤 로드가 자신의 드래곤 하트를 부수어가며 이 마법을 만들 당시, 교묘하게 극악 난이도의 수련용 마법에 덧입혀 저주 카테고리를 벗어나게 했기에 항마력조차 무시하는 절대마법이 되어버렸다.

　뛰어난 힘이나 정신력을 지닌 존재, 드래곤급 이상에게만 비로소 진정한 위력을 나타내는 가공할 만한 마법이었다.

　그렇기에 인간이 이 마법에 걸린다면 가끔 찾아오는 악몽 정도에 그치게 되는데, 지온의 경우에는 상황이 너무나도 특수해져 버렸다.

"넌 내 힘을 모조리 가져갔다."

"하지만 나는 아무것도 느끼지 못하겠는데?"

"그건 지온 너의 재능이 수준 이하이기에 그런 것이다. 평범한 인간들도 너 정도로 둔감하지는 않을 거다."

팔짱을 끼며 고개를 치켜들며 말하는 이브의 모습이 왠지 지온에게는 귀엽게만 보였다.

위압감이 사라진 그녀가 아무리 독한 말을 해도 투정이나 툴툴거림 정도로만 들리는 지온이었다.

"문제는 그것이 아니야. 저주는 가진 자의 힘에 비례해서 그 강도가 결정된다. 내 힘을 모조리 가져간 너의 경우는 어떨 것 같나?"

"자, 잠깐. 그건 너무 억울하잖아? 난 강해진 것 같지도 않은데 저주만 강해지면 어쩌라는 거야?"

"정말로 아무것도 느낄 수 없나?"

지온은 눈을 감고 뭐든 느끼려고 노력을 해보았다. 분명 대마수의 강대한 힘이 봉인 술식에 녹아들어 신체에 깃들어졌다면 극히 일부라 하더라도 느낄 수 있거나 다룰 수 있는 것이 정상이다.

봉인 술식 안에 짜인 제어 술식은 그 힘을 인간의 신체로 효과적으로 사용할 수 있게 해주는 세상에 단 하나밖에 없는 술식이었으니 말이다.

지온의 육체는 원래 그런 쪽에 재능이 없었고, 지구에서 온 영혼에게는 아예 그런 개념 자체가 존재하지 않았기에 둔재와 백치가 만나 이러한 결과가 탄생한 것이다.

지온은 한참 눈을 감고 있었다. 하지만 힘은커녕 정신만 혼란스러웠다.

아니, 그것은 혼란이 아니라 몽롱해지는 것이었다.

"으, 음. 뭐, 뭐지? 갑자기 졸리기 시작했어."

"종말이 찾아왔군. 지온, 마음을 가라앉혀라. 정신 바짝 차려!"

"자면 안 되는데……."

지온의 눈꺼풀이 서서히 닫히기 시작했다. 계약보다는 영혼의 결합에 가까운 의식을 치렀기에 더욱더 수마에 쉽게 빨려들어 갔다.

이브는 그런 지온의 모습을 응시하다가 가까이 다가갔다. 지온에게 결합된 자신의 영혼의 끈이 느껴졌다. 그것은 너무나도 선명해서 도저히 끊어버릴 수 없을 정도였다.

"네놈이 멋대로 파멸하게 두진 않겠다. 돌려받을 것이 아주 많으니 말이야."

이브는 지온의 얼굴 가까이 자신의 얼굴을 가져다 댔다. 그리고는 지온의 이마에 자신의 이마를 맞추었다.

"따뜻한데? 난로 같아. 응, 음……."

지온의 눈꺼풀이 완전히 닫혔다.

벌레가 기어 다니는 느낌.

그리고 싸늘한 바람이 온몸을 흔들어 깨우는 것 같았다. 얼굴에서 느껴지는 차가운 감촉에 지온은 눈을 떴다.

"여긴?"

긴 아스팔트 도로였다.

그 도로 양옆으로 솟아 있는 빌딩은 여기가 도심 속 한복판이라는 것을 알려주었다. 기이하게 낡아 도로에 아무렇게나 정차되어 있는 차들과 빨간 불만 깜빡이는 신호등, 그리고 노을이 가득한 하늘이 눈에 들어왔다.

자신의 손을 바라보았다. 손이 약간 흐릿흐릿하게 느껴졌다.

"현실은 아닌 것 같은데, 그 저주란 건가?"

지온이 지니고 있는 것은 아무것도 없었다. 환자복 느낌이 나는 흰 옷만 입고 신발조차 없이 서 있는 것이다.

으스스한 느낌이 들었다.

뒤를 돌아보자 저 멀리서 밤이 밀려오고 있었다. 빛이 사라져 가며 풍경이 점점 바뀌어가고 있는 것이다.

차르르—

높은 건물들의 유리창이 모조리 깨져 버리며 유리조각이 비처럼 쏟아져 내렸다.

"큭!"

지온은 빠르게 달리다가 앞으로 굴렀다. 그리고 정면에 있는 차 밑으로 기어들어 갔다.

후두둑— 터턱—

차 밑을 제외한 모든 공간에 유리조각이 검은 아스팔트 대지를 찢으며 박혀들어 갔다.

"미, 미친!"

자세히 보니 그것은 유리조각이 아니라 칼날이었다. 칼날이 비처럼 쏟아진 것이다.

지온은 칼날들이 바닥에 스며들 듯 사라지는 것을 두 눈으로 보았다. 그로써 이곳이 현실이 아니라 꿈과 비슷한 공간이라는 것을 완전히 알 수 있었다.

"악몽이라고 했지? 젠장!"

차 밑에서 기어 나온 지온은 숨을 고르며 주위를 살폈다. 이미 노을은 사라지고 별빛 하나 없는 밤이 되었다. 바로 정수리 위에 떠 있는 달은 회색빛이었다.

스륵—

달이 빠르게 회전하더니 숨기고 있던 눈과 입을 보여주었다. 가늘게 그려진 눈과 입이 휘며 지온을 비웃었다.

소름 끼치는 광경에 지온은 무작정 앞을 향해 달려갔다. 깜빡이는 가로등이 지온이 지나갈 때마다 터져 나가며 칼날을 뿌려댔다.

"크윽!"

허벅지에 칼날이 박혔다. 화끈한 통증과 함께 피가 튀겼다.

"고, 고통은 현실과 다를 바 없잖아!"

칼날을 빼내 바닥에 버리고 비틀거리며 옆에 서 있는 자동차를 지지대 삼아 섰다.

지온은 인상을 찡그리며 허벅지의 상처를 살폈다. 하지만 상처의 흔적은 찾을 수가 없었다. 찢어졌던 옷도 깔끔하게 돌아와 있었다.

아직도 아릿하게 고통이 느껴지는 것 같은데, 지온은 너무나도 멀쩡했다.

구오오오—

끔찍한 울음소리가 뒤에서부터 들려왔다. 지온은 빳빳하게 굳어버린 목을 돌려 뒤를 바라보았다. 어둠 속에서 붉은 눈동자가 수도 없이 떠올라 있었다.

깜빡이는 가로등 사이로 그 눈동자의 모습이 드러났다.

"좀비……."

공포 영화에 단골 소재였던 좀비들이 도로를 빼곡하게 메우며 지온을 노려보고 있는 것이다.

가지고 있는 무기는 없다.

그리고 대항할 생각조차 들지 못할 만큼 저들의 숫자는 많았다.

구오오오오!

갑작스럽게 비명을 질러대며 좀비들이 달리기 시작했다. 느릴 거라 예상했던 것과는 다르게 빠른 속력으로 지온을 향해 달려왔다.

"으, 아아악!"

지온은 앞을 향해 전력으로 달렸다. 좀비의 소름 끼치는 목소리가 바로 뒤에서 들려오기까지는 그리 많은 시간이 걸리지 않았다.

"큭!"

자신의 어깨를 잡는 손을 거칠게 쳐내고 지온은 좀비의 손길을 피해 바닥을 구르며 도망쳤다.

"아악!"

어깨를 물렸다. 지온은 주먹으로 좀비의 얼굴을 치다가 뒤에서 습격해 오는 좀비들 때문에 바닥에 넘어져 버렸다.

지온이 좀비 떼에게 뜯어 먹히기 직전이었다.

쾅!

거대한 불덩이가 좀비들을 쓸어버렸다. 지온은 거친 숨을 내쉬며 자신의 몸을 바라보았다.

자신의 신체가 뜯어져 나가는 듯한 고통을 느꼈는데 금세 다시 멀쩡해졌다.

"정신이 좀 드나?"

"…이브?"

익숙한 목소리가 들려왔다. 고개를 들자 눈앞에 성인 버전의 이브가 서 있었다. 이브의 정신 세계에서 보았던 모습 그대로였다.

이브는 태연한 기색으로 차분하게 좀비들을 훑어보았다.

"저런 것에 공포를 느끼는 건가?"

이브는 지온의 목덜미를 잡아 일으켜 세웠다.

"너의 세계는 참으로 특이해. 이렇게 높은 성들과 특이한 시체 괴물이라니. 역시 다른 세계에서 온 것이 맞는가 보군."

"한가롭게 이야기할 때가 아닌 것 같은데?"

이브는 한 손에 불덩이를 띄우더니 정면을 향해 손목을 까딱였다. 마치 볼링공처럼 굴러간 불덩어리가 정면의 좀비들을 사방으로 날려 버렸다.

"이 빌어먹을 저주도 내 정신이 온전할 거라고는 생각하지 못했을 거다. 내가 철저히 어울려 주도록 하지."

지온의 정신에 이브가 들어올 수 있었던 것은 지온과 완벽하게 이루어진 영혼의 결합 때문이었다. 지온의 공포가 극대화되어 저주로서 이루어진 세계지만 이브의 거대한 정신력이 온전히 지온의 세계 안으로 들어올 수 있었기에 이브는 힘을 행사할 수 있었다.

그녀의 정신력이 저주를 융화시켜 본래의 수련용 마법의 티가 날 정도로 저주의 농도가 약해졌다. 오랜 세월 동안 저주가 지속되어 온 것도 있었고, 이 경우에는 운이 좋았다고 할 수 있다.

"받아라."

이브는 지온의 물건들을 끌어와 지온에게 주었다. 등산복과 손전등을 챙길 수 있었다.

"마침 잘되었군. 이곳에서 수련하면 되겠어."

"수련?"

"네가 내 힘에 익숙해지고 강해지면 강해질수록 나 역시 그만큼 힘을 되찾을 수 있을 것이다. 너와 나는 이미 영혼의 끈이 뒤섞여 버렸으니 힘의 유통 또한 자유롭지."

"무슨 말인지 모르겠어."

이브는 잠시 고민하다가 입을 떼었다.

"인간으로 따지면 결혼 정도일 것이다. 그것에서 오는 재산 공유라고 하면 된다."

"겨, 결혼? 자, 잠깐! 그런 중대사가 순식간에 치러졌단 말이야? 아, 그, 네가 마음에 들지 않는 건 아닌데, 그래도 단계라는 게 있는데……."

"방금 전까지 겁에 질려 있던 주제에 떠들 힘은 남아 있나 보군."

"진짜 무서워 돌아버릴 뻔했다고. 어쨌든 구해줘서 고마워."

이브는 지온의 시선에 살짝 피하며 입을 떼었다.

"네 공포를 극복하는 것이 좋을 거다. 그렇게 된다면 당분간 종말을 맞이할 걱정은 없게 된다. 네 정신력 역시 강해져서 내가 좀 더 힘을 사용할 수 있겠지."

"잘 모르겠지만 내가 이걸 극복하면 나랑 네가 좀 강해진다는 거잖아?"

이브가 고개를 끄덕이자 지온은 손전등을 꽉 쥐며 살짝 고개를 끄덕였다.

"좋아, 이 빌어먹을 좀비 따위, 극복해 주지. 대한민국 남자는 한다면 하는 사람이니까!"

지온은 점점 몰려오기 시작한 좀비들을 바라보며 손전등을 앞으로 뻗었다.

"썰어버리겠어!"

부웅―

주위를 환한 빛으로 물들이는 라이트 세이버가 저주의 세계에 모습을 드러냈다.

"으……."

호기롭게 나선 것까지는 좋았는데 끔찍한 좀비들의 모습을 보니 발걸음이 떨어지지 않았다.

"두려워하지 마라. 받아들이면 된다."

"상식적으로 저건 너무하잖아. 좀비 주제에 막 달린다고."

이브는 지온의 뒤에 다가와 섰다.

"간단히 생각해라. 단지 움직이는 시체일 뿐이야. 저것들이 네 영혼을 찾아 먹어치우기까지 너는 절대 붕괴되지 않는다."

"영혼? 그때 네 구슬 같은?"

"그래. 존재마다 다 각각 다른 형태를 지니고 있지. 이런 높은 성들 어딘가에, 너만이 아는 곳에 숨겨져 있을 것이다."

"빌딩들 어딘가에……."

무언가 알 것도 같다는 표정을 지은 지온은 굳은 표정을 떨쳐내고 다시 미소를 지었다.

"좋아, 이제 진짜 간다!"

지온은 침을 꿀꺽 삼킨 다음 심호흡을 했다. 그리고는 라이트 세이버를 두 손으로 잡고 앞을 향해 달려나갔다. 무모해 보일 수도 있는 돌격이었지만, 이렇게 하지 않으면 두려움을 없앨 수 없을 것 같은 느낌이 들었다.

달려나가며 가로로 빠르게 베었다.

치잉—

입을 벌리고 발악하던 좀비들의 허리가 끊어지며 바닥에 떨어져 내렸다.

베었다는 감촉보다는 뭔가 스쳐 지나간 느낌이 강했다. 지온의 근력에도 무리없이 휘두를 수 있을 정도로 가벼웠기에 지온은 빠르게 지속적으로 라이트 세이버를 휘두를 수 있었다.

밀려오는 물량에 뒤로 주춤거린 지온 옆으로 불덩어리가 스쳐 지나갔다.

쾅!

이브의 마법이었다.

"흥분하지 말고 힘 조절을 해라. 다수의 적을 상대할 때에
는 호흡이 무엇보다 중요해."

"으, 응, 알았어!"

지온의 눈빛이 차분해졌다. 공포로써 적을 대하는 것이 옅
어지기 시작하는 게 지온의 몸놀림에서부터 나타나기 시작했
다.

좀비는 계속해서 달려들었지만 지온은 점점 더 과감해져
갔다. 라이트 세이버를 사용하는 데 익숙해지기 시작한 것이
다.

이렇다 할 검술은 배운 적이 없지만 그저 빠르게 휘두르는
것만으로도 위협적이었다. 지금의 수준에서는 굳이 무리하
게 검술을 생각할 필요가 없었다.

이브는 작게 고개를 끄덕이며 착실히 지온을 서포트해 주
었다. 그녀는 저주를 옅게 만드는 데 정신력의 대부분을 쓰고
있기에 힘을 발휘하는 것에는 한계가 존재했다.

"하앗!"

지온은 제자리에서 원을 그리며 돌면서 라이트 세이버를
휘둘렀다. 사방에서 달려들던 좀비들이 베어지며 그대로 바
닥에 미끄러졌다.

순식간에 검은 재가 되어 사라졌다.

"하아, 하아! 나도 이 정도는 할 수 있다고."

마구잡이로 휘두르는 동작에서 조금은 규칙적인 동작으로 바뀌고 있었다. 지온은 라이트 세이버의 절삭력을 믿고 최대한 힘을 아껴가며 공격해 나갔다.

좀비의 이빨도 등산복의 방어를 뚫지는 못했지만 포위를 당하게 되면 노출된 부위가 물리거나 옷이 벗겨져 버릴 수가 있다.

죽지는 않겠지만 산 채로 씹혀 먹는 고통을 겪기는 싫었기에 지온은 침착하게 좀비들을 상대해 갔다.

"그 빛을 날리지는 못하는 건가?"

"그런 게 가능했다면 진즉에 했지."

"그 무구는… 아니, 지금은 그런 말을 할 때가 아니군."

좀비들이 달려오는 것을 멈추더니 기괴한 비명을 질러대며 지온과 이브를 노려보았다.

좀비들의 모습이 익숙해지자 두려움은 느낄 수 없었다. 지온이 저들을 벨 수 있는 적으로 인식한 것이다.

"왜 저러지?"

"네 실력이 조금은 성장했다는 걸 인지한 것 같군."

"그럼 어떻게 되는 건데?"

"더 강한 놈이 나올 거다."

지온이 다시 입을 떼어 이브에게 정확히 물어보려 할 때였다.

두드득!

좀비들이 갑자기 한곳으로 뭉치기 시작했다. 서로의 썩어가는 육체를 잡으며 자신들의 몸으로 탑을 쌓기 시작한 것이다.

이브의 얼굴이 일그러졌다. 무수한 세월을 견디며 지쳐 있었기 때문일까? 그녀의 막대한 정신력으로도 저 좀비들의 변화를 어떻게 할 수 없었다.

좀비들이 엄청나게 몰려와 시체의 탑을 기어 올라갔다.

지옥의 한 장면이 있다면 이럴 것이다. 지온은 그렇게 생각하며 라이트 세이버를 꽉 잡았다.

좀비들의 탑이 무너져 내리기 시작하더니 거대한 거인의 형상으로 변해갔다.

빌딩들의 크기와 맞먹을 정도로 거대한 시체의 거인이 몸을 일으켰다.

쿠오오오오!

거인의 몸 가운데 커다란 눈이 떠졌다. 징그러운 붉은 눈이 지온에게로 향했다.

"어, 엄청 크네."

"저런 것까지 나타나다니, 네 정신 세계가 궁금해지는군."

"보통 괴물들은 합체하거나 저렇게 커지면 강해지는 것이 정상이니까."

이브로서는 이해하기 힘든 지온의 말이었다. 난감한 크기를 지닌 거인이 드디어 본격적으로 움직이기 시작했다. 거대한 손을 벌리더니 하늘 위로 들어 올렸다.

"온다!"

"서, 설마 저걸 내려치려는 거야?"

"지온! 피해!"

이브가 지온의 뒷덜미를 잡고 공중으로 도약했다.

콰아앙!

지온이 있던 자리에 거인의 손이 직격하며 아스팔트 도로가 산산조각 났다.

거인의 반대편 손이 공중에 떠 있는 이브와 지온에게 빠른 속도로 다가왔다.

이브는 거대한 손을 바라보다가 지온을 든 손에 힘을 주어 아래로 던졌다.

"우, 우와아악!"

지온이 바닥에 떨어지는 것을 보고 그녀는 다급히 자신의 앞에 불의 장막을 형성했다.

쾅!

"큭!"

불의 장막이 깨어지며 그녀의 몸이 뒤로 크게 튕겨져 나갔다. 높은 빌딩에 처박히는 모습이 지온에 눈에 들어왔다.

"이브!"

빌딩의 유리창을 뚫고 처박힌 이브가 걱정되어 그쪽으로

달려가려 했지만 위에서 찍어 내려오는 거대한 거인의 발 때문에 그렇게 할 수는 없었다.

쾅!

"우악!"

거인의 발이 지온을 찍어 눌렀다. 엄청난 압박에 고통을 느낀 지온은 박살 난 아스팔트 도로 위에 대자로 뻗어버렸다.

거인의 공격은 그것에서 끝난 것이 아니었다. 손을 뻗어 지온의 몸을 한 손에 잡아 들어 올렸다. 등산복의 방어력과 충격 흡수력 때문에 정신을 잃을 정도의 압박은 아니었다.

"으, 윽! 놔! 이 괴물 자식아!"

지온을 든 거인의 손이 거인의 몸 뒤로 당겨졌다.

"아, 아니, 그런 식으로 놓으라는 게 아니……."

활시위처럼 당겨졌던 거인의 팔이 앞으로 뻗어지며 손바닥이 펴졌다.

쉬이이잉―

지온의 몸이 탄환처럼 빠르게 날아가 정면에 있는 빌딩에 처박혔다. 유리창을 뚫고 벽까지 뚫으며 한참을 나아갔다.

지온은 간신히 난간을 붙잡아 반대쪽으로 떨어지는 것을 막았다.

라이트 세이버를 놓치지 않은 것이 불행 중 다행이었다. 속이 진탕이 되는 느낌에 인상이 절로 구겨졌다.

"나 방금 한 번쯤 죽지 않았을까?"

심장 마비로 죽었을 것 같다는 생각이 든 지온이었다. 힘을 주어 간신히 난간 위로 올라온 지온은 뻥 뚫린 앞을 바라보았다. 벽과 유리창이 뚫려 있어 거인의 모습을 볼 수 있었다.

"여기서는 상처를 입어도 금방 회복되는 것이 분명 고통이긴 하겠지만……."

안식조차 없는 끝없는 고통 속에서 처절하게 파멸되어 갈 것이 분명했다. 하지만 지온에게는 그 끔찍함을 공격할 수 있는 라이트 세이버와 고통을 줄여주는 등산복이 있었다.

"반대로 내가 더 유리해질 수도 있는 장점이기도 하지!"

현실에서는 불가능한 과감한 행동을 할 수도 있다. 죽지도 않고, 상처를 입어도 불구가 되지 않으니까.

거인의 징그러운 눈이 보이자 오기가 솟아올랐다.

거인과의 거리는 상당히 가까웠다. 지온이 있는 빌딩으로 다가와 지온을 빌딩과 함께 날려 버릴 속셈으로 보였다.

지온은 거인이 충분히 가까워지기까지 기다렸다.

거인의 발걸음 때문에 생긴 진동이 빌딩을 울리기 시작했다.

"지금이다!"

지온은 전속력으로 달렸다. 빌딩의 뚫린 유리창으로 온 힘을 다해 달린 지온은 망설임 없이 빌딩 밖으로 뛰어내렸다.

"우아아악!"

비명을 질러대면서도 라이트 세이버를 두 손으로 잡아 앞으로 내질렀다.

푸욱!

의도한 바는 아니었지만 너무나도 정확히 거인의 눈동자 가운데에 지온의 봄이 박혔다.

"서, 성공인가?"

지직―

라이트 세이버의 절삭력 때문에 거인의 눈동자가 갈리며 지온의 몸이 아래로 떨어지기 시작했다. 거인은 마치 동상이라도 된 듯 그 자리에 굳어버렸다.

눈이 파괴되면서 뿜어지는 피가 거인이 흘리는 눈물처럼 느껴졌다.

거인의 눈동자를 완전히 가르고 몸의 일부까지 가른 지온이 꼴사납게 바닥에 떨어지자 그제야 거인은 뒤로 주춤하다가 무릎을 꿇었다.

"응?"

지온이 있는 방향으로 거인이 몸이 쓰러지기 시작했다. 지온은 주춤거리며 피하려고 했지만 생각보다 거인의 몸이 빠르게 다가왔다.

휙!

누군가 지온의 멱살을 잡고 빠르게 그곳에서 이탈했다. 지온은 그 손의 주인을 보고 환한 미소를 지었다.

콰앙!

거인의 육체가 부서지며 도로 위에 완전히 추락했다. 검은 재를 뿜어가며 사라지기 시작하는 거인을 바라보다가 지온은 안도의 한숨을 내쉬었다.

"후, 저거에 깔렸으면 질식해서 세 번 정도는 죽었을 거야. 이브, 넌 괜찮아?"

"문제없다."

이브의 말이 듣고서야 지온은 피식 웃으며 그 자리에 드러누웠다.

"아, 이젠 진짜 힘들어. 다른 적이 나타나도 못 움직일 것 같아."

"걱정할 것 없다. 이번 두려움은 어느 정도 극복한 것 같군. 네놈의 정신적인 성장이 필요할 때, 휴식의 종말은 찾아올 것이다."

"그렇군. 휴식의 종말이란 거, 수련 마법 같네."

"본래 근본은 수련용 마법이었으니 그런 느낌이 드는 것은 당연하지."

드러누운 지온의 옆에 이브가 살포시 앉았다. 하늘에 떠 있던 끔찍한 달의 미소가 사라지고, 저 멀리서 태양이 솟구쳐 오르는 것이 보였다.

"고마워. 네가 아니었으면 큰일 날 뻔했다."

"말했지 않나. 너에게 받아낼 것이 아주 많은 것일 뿐이야."

"하하, 그래. 돌려줄 수 있으면 다 돌려줬으면 좋겠다."

"네 노력에 달렸다. 분발해라."

지온의 머리 위에 가득했던 어둠이 사라지고 밝은 태양빛이 내리쬐었다.

눈을 감자 점점 공간이 일그러지기 시작하더니 세계가 반전되어 사라졌다.

지온이 휴식의 종말을 지나 깨어난 것이다.

제4장
탈출

"후우"

정신을 차린 지온이 제일 먼저 한 것은 긴 호흡이었다. 손
이 조금씩 떨렸다. 자신의 몸을 때린 그 감각이 아직도 몸에
남아 있었다.

고통마저 남아 있는 것 같은 느낌이 들었다.

지온은 상처가 없다는 것에 크게 안심했다.

근육이 뻐근한 것으로 보아 그 휴식의 저주에서 겪은 감각
이 어느 정도 현실에 반영되는 것 같았다.

"괜찮나?"

"으, 응."

이브가 반쯤 누워 있는 지온에게 손을 뻗었다. 지온은 이브의 하얗고 고운 손을 바라보다가 살짝 웃고는 잡았다.

"네 옷, 돌려주도록 하지."

"응? 그럼 너는?"

이브는 고풍스러운 하얀 옷을 입고 있었다. 소매가 풍성하면서도 허리의 선이 슬림한 의복이었는데, 이브와 무척이나 잘 어울려 성스럽게까지 느껴졌다.

아마 성녀가 있다면 이런 모습이지 않을까?

인간 정도로 약해진 육체 때문에 어쩔 수 없이 걸친 것이기에 이브는 어색한 듯 옷을 매만졌다. 몸 위에 무언가를 걸치는 것이 영 익숙하지 않은 그녀였다.

이브는 헛기침을 한 번 하더니 입을 떼었다.

"이곳은 원래 신전이었다. 아주 오래전이긴 하지만 아직 보존 마법이 걸려 있지. 의복 같은 것은 쉽게 구할 수 있다. 더 숨겨진 것이 많을 것 같은데 잘 모르겠군."

지온은 이브가 준 등산복을 다시 입기 시작했다. 지온은 이브의 시선이 자신의 가슴, 정확히는 몸에 새겨져 있는 문양에 가 있음을 발견했다.

"혹시 이 문양에 대해 아는 것이 있어?"

이브의 몸이 살짝 떨렸다. 그녀의 얼굴이 일그러졌다. 굉장히 고통스러웠던 기억이 떠올랐기 때문이다.

그것은 아주 오래전의 일.

인간으로서는 상상조차 할 수 없는 세월 전의 이야기다. 하지만 그녀는 마치 어제 겪은 듯이 생생하게 기억했다. 망각이란 것을 모르는 상처 입은 용은 비참하다는 것을 몸소 깨달아가고 있었다.

"그건… 드래곤 로드가 이끄는 용족이 모든 것을 포기하고 인간에게 의탁한 증거. 위대한 인간들의 황제를 탄생시킨 힘. 마수의 힘을 가두고 제어할 수 있는 '용의 흉터'다. 타나토스에게 대항하기 위해 용들이 자신의 심장을 희생해 완성시킨 것이지."

"타나토스라면 너의……."

"나의 주인이자 세상의 모든 것을 소유했던 자. 이 공간, 이 세계, 이 우주에 이르기까지 그의 권능이 충만히 닿아 있었지."

이브는 지온에게 가까이 다가왔다.

서로의 입김이 느껴질 정도로 다가오자 지온은 주춤거리며 뒤로 물러났다. 이브는 손을 뻗어 지온의 가슴에 새겨진 용의 흉터로 가져갔다.

팅—

하지만 몸이 뒤로 크게 젖혀질 정도의 반동 때문에 손을 댈 수 없었다. 지온은 뒤로 넘어가려는 이브를 간신히 잡아 세웠다.

그녀가 지온의 품안에 들어온 순간, 지온은 얼굴을 붉히며 살짝 헛기침을 했다.

"타나토스의 눈동자에 든 권능이라면 너를 이곳에 불러들이는 것도, 내 육체를 그렇게 바꾸는 것도 가능하다. 아마 네 본래 몸의 주인이 흉터에 눈동자의 파편을 가두어 권능을 발현한 모양이다."

역사상 가장 강했던 드래곤 로드가 자신의 몸을 분쇄하며 인간의 위대한 황제에게 바친 것이었다. 세계에 존재하는 모든 마수의 힘을 가둘 수 있고, 또 이용할 수도 있는 저주의 문양.

그것은 타나토스의 모든 것이 쪼개져 흡수됨으로써 완전한 술식으로 재탄생되었다.

지온은 그런 힘이 자신의 몸에 있다는 것이 잘 와 닿지 않았다.

이브가 물러나자 지온은 작게 숨을 내쉬고는 입을 떼었다.

"그런 것이 가능하다고?"

"그래. 그 권능이 네가 가지고 있는 물건들에게까지 전이된 것 같군."

지온은 어느 정도 이해가 되었다. 이브를 수하로 둘 정도의 존재라면 분명 엄청난 권능을 행사했을 것이다. 물건들을 변이시킨 것도, 자신을 낯선 세계로 끌고 와서 몸을 바꾼 것도 분명 그런 권능이 작용해서일 것이다.

하지만 누가 그런 짓을 한 것일까?

무엇을 원해서 그런 것일까?

지온의 그런 생각들은 오래가지 못했다.

"돌아가고 싶은가, 지온?"

지온의 상념을 깨우는 이브의 목소리 때문이었다.

그녀의 아름다운 목소리가 약간 음침하게 느껴졌다. 지온에게 시선을 맞추지 않고 먼 곳을 바라보며 말하는 모습이 왠지 조금은 섬뜩해 보였다.

"돌아가고 싶어."

지온은 입술을 달싹이다가 고개를 끄덕이며 그렇게 말했다.

"너를 이곳에 불러왔다면 돌려보낼 수도 있을 것이다. 타나토스의 조각들을 모은다면 충분히 그런 권능을 발휘할 수 있겠지. 소원을 이루어주는 권능, 그것이 발현된다면 말이야."

"정말로 그것이 가능한 거야?"

지온은 희망이 생기는 것을 느꼈다. 아무것도 없는 공간에서 빛을 만난 것 같은 느낌이다.

돌아갈 수 있다.

지구로 돌아갈 수 있다!

그런 생각이 들자 온몸에 활기가 넘치기 시작했다.

"그렇게 된다면 나도 온전히 힘을 되찾을 수 있겠지. 너는 지구라는 곳에 돌아가기 위해, 나는 내 목적을 위해."

지온은 맑은 눈동자로 이브를 바라보았다. 이브는 살짝 지온의 눈동자와 마주쳤다가 지온이 내민 손에 시선을 돌렸다.

"앞으로 잘 부탁해. 우리는 한 배를 탄 거잖아?"

지온이 내민 손으로 손을 뻗다가 중간에 멈추었다.

이브의 손이 살짝 떨렸다. 지온은 그 떨림에서 마음의 동요가 읽혀지는 것 같았다.

지온이 이브의 손을 낚아채 잡더니 위아래로 흔들었다.

"좋아, 목표가 생겼어. 이제는 나아갈 일만 남았군."

"하지만 쉽지는 않을 것이 분명해. 인간들이란 늘 자신이 이룰 수 없는 권능에 집착하지. 그것은 고대나 지금이나 변함없을 거야."

"하긴, 소원을 이루어줄 정도로 강력한 것이라면 분명 그렇겠지."

소유자의 소원을 이루어주는 강력한 권능의 힘.

그것이 갖는 매력은 어떠한 인간이라 할지라도 뿌리칠 수 없을 것이다.

지온은 지구로 돌아가기 위해 그 권능이 꼭 필요했다. 그것만이 지온의 희망이었다.

띠딕—

지온의 등산복 상의 주머니에서 진동과 함께 알림음이 울렸다. 그것이 스마트폰에서 나온 소리라는 것을 눈치챈 지온은 주머니에서 꺼내 전원을 켜보았다.

"호오, 신기한 마도구로군. 어떤 식으로 스크린이 비추는 거지?"

"과학이라 보면 될 거야. 아니, 지금에 이르러서는 과학도 아닌 것 같지만."

전원이 완전히 켜지자 지온은 섬뜩한 느낌을 받았다. 자신을 공포로 밀어 넣었던 황금색 눈동자가 배경 화면으로 되어 있는 것이다.

'타나토스…….'

그 거대한 존재가 어렴풋이 느껴지는 것 같았다.

"응? 어플이 생겼네."

바탕 화면에 어플 몇 개가 생긴 것이 보였다. 지온의 정신적인 성장이 이루어지자 나타난 것이었다. 지온은 일단 '보물찾기' 라는 이름의 어플을 터치해 보았다.

대략적인 주위의 지형과 함께 화면에 붉은색으로 표시된 것이 있었다.

"뭐지, 이건?"

지온은 스마트폰을 뚫어지게 쳐다보다가 붉은색 표시로 된 곳을 향해 다가갔다. 자세한 지형은 잘 나오지 않은 터라 감을 잡기까지 조금 시간이 걸렸다.

"이곳인가?"

붉은색 점은 지온의 발바닥 바로 아래에 있었다. 지온은 발을 몇 번 바닥에 튕겨보았다.

팅— 팅—

"지온, 무언가 안에 있는 것 같다."

"뭘까?"

다른 바닥과는 다르게 빈 공간이 있어 울리는 소리가 달랐다. 지온은 라이트 세이버를 꺼내 바닥을 조심스럽게 갈라보았다.

"이건?"

먼지와 함께 모습을 드러낸 것은 작은 상자였다.

"신전에 바치는 재물 상자로군. 어떤 목적인지는 모르지만 누군가 숨겨놓은 모양이야."

이브의 말에 다시 상자로 시선을 옮긴 지온은 표면의 먼지를 털어내고 상자를 열어보았다.

"금?"

금화 몇 닢이 들어 있었다. 제법 큼직한 금화였는데 화려한 양각이 되어 있어 지온의 시선을 빼앗아가 버렸다.

"금화로군. 잘도 이런 걸 찾아냈어."

"하하, 말 그대로 진짜 보물찾기네. 누군가 숨겨놓은 비상금인가?"

이것만 있으면 당분간 굶어 죽지는 않을 것 같았다. 물론 이곳을 나간 후에나 사용할 수 있겠지만.

스마트폰의 화면을 바라보던 지온은 배터리 수치가 닳고 있는 것을 발견했다. 배터리를 충전할 방법을 찾을 수 있을 때까지 가급적 사용을 자제하는 것이 좋을 것 같았다.

배터리를 상관하지 않고 쓸 만한 것이 있는지 물건을 꺼내 보았다. 일단 가방은 엄청나게 저장 공간이 늘어난 것으로 능력 확인이 되었고, 가지고 온 물병이나 구급상자, 간식, 그리고 수건 등의 능력은 아직 정확히 파악되지 않았다. 색깔이 변색되었으니 분명 특별한 능력이 있을 거라 생각되었다.

"일단 나가는 것이 먼저겠지? 이브, 어디로 나가면 되지? 봉인이 풀렸으니 나가는 길도 생겼겠지?"

"본래는 내 힘으로 널 밖으로 보내주려 했지만 지금은 이 몸을 유지하는 것도 벅차다. 결국 문을 통해서 지상으로 올라가야겠지."

"그러고 보니 쇠사슬이 없어졌네?"

거대한 문에 걸려 있던 쇠사슬이 모조리 없어진 것이 보였다. 게다가 문에는 조금씩 균열이 가 있었다. 오랜 세월 지탱해 온 문이 봉인이 풀림과 동시에 세월을 이기지 못하고 무너지고 있는 것이다.

지온은 잠겨 있는 문을 바라보는 이브에게서 시선을 뗄 수 없었다. 단지 그 아름다운 모습이 지온을 빨아들인 것은 아니었다. 그 눈빛에서 느껴지는 고독과 파괴가 지온의 마음으로 직접 느껴지는 것 같았다.

'영혼의 결합이라는 건 원래 이런 건가?'

이브의 감정이 무형의 끈을 타고 자신에게 흘러오는 것만

같았다. 섬뜩하고 두려운 마음이 들기는 했지만 나쁜 기분은
아니었다. 누군가와 연결되어 있다는 유대감이 지온으로 하
여금 살짝 미소 짓게 만들었다.

"지온, 멍하니 뭐하는 거지?"

"응? 아, 아무것도 아니야."

"그런 멍한 태도는 고치는 것이 좋다. 적이라도 나타나면
곤란할 것이 분명해."

진지하게 충고하는 이브의 모습에 결국 소리 내어 피식 웃
어버렸다.

"왜 웃는 거지?"

"아니, 그냥. 잔소리도 듣기 좋을 때가 있구나 싶어서."

"하아, 바보 같군. 이건 잔소리가 아니다. 너의 수련을 위
한 충고다."

고개를 설레설레 내젓는 이브를 바라보던 지온은 거대한
문 앞으로 시선을 돌리며 천천히 문으로 접근했다. 끔찍한 괴
물들이 조각되어 있는 문은 흡사 지옥의 문을 보는 것 같았
다.

우습게도 이런 지옥의 문 밖에 지상으로 가는 길이 있었다.

'그럼 여기가 지옥이라는 건가? 그렇다면 더 나빠질 것은
없겠지.'

알지 못하는 새로운 세계.

단지 단편적으로 떠오르는 영상으로 파악하기에는 이 세

계는 너무 신비스러울 것 같았다.

'더 이상 겁먹지 않겠어.'

지온은 두려움과 설렘이 교차하는 마음을 안고 천천히 라이트 세이버를 앞으로 내밀었다.

"하앗!"

파열음도 나지 않고 빛의 입자가 두부를 썰 듯 문을 썰어버리기 시작했다. 문을 향해 두세 번 휘둘러 충분히 빠져나갈 공간을 만들었다.

쾅—

문 조각이 뒤로 넘어가고 어두운 공간이 모습을 드러냈다. 바람의 흐름이 느껴지는 공간.

약간은 상쾌하게 느껴지는 공기를 잠시 음미하던 지온은 먼저 밖으로 걸음을 옮겼다.

문밖으로 나와 뒤를 돌아보자 이브가 문 앞에 멈추어 서 있는 것이 보였다.

무언가 고민을 하고 있는 것 같았다. 망설이는 것 같이도 느껴졌다.

"이브, 가자."

이브는 조용히 지온과 눈을 맞추었다. 지온이 웃으며 이브를 바라보자 이브는 살짝 한숨을 내쉬더니 지온이 있는 문밖으로 나왔다.

그녀의 눈에는 복잡한 감정이 서려 있었다.

　　　　*　　　*　　　*

　지온과 이브는 문을 빠져나와 먼지만 자욱하게 쌓여 있는 긴 복도를 걸었다. 빛이라고는 전혀 존재하지 않았지만 이브가 빛나는 구를 소환해 내어 사물을 식별할 수 있을 정도가 되었다.

　지온은 이브의 마법을 신기하다는 듯이 바라보았다. 아무리 봐도 마법이라는 건 무척이나 신기했기 때문이다.

　"그것도 마법이지?"

　"라이트라는 기초 마법이다. 더 효과적인 것이 있기는 하지만 지금의 몸 상태에서는 이것이 최적이다."

　"나도 그 마법 쓸 수 있을까?"

　이브는 걸음을 멈추고 지온을 바라보았다.

　"분명……."

　용들의 흉터를 온전히 계승하고 있는 지온이라면 어느 정도는 자신에게서 가져간 마력을 다룰 수 있을 것이다. 영혼의 결합으로 지온과 이어진 이브가 마력을 가져와 쓸 수 있는 것을 보면 활용할 수 있는 마력이 분명 존재했다.

　하지만 지온은 마력을 활용하기는커녕 그 존재조차 느끼지 못하고 있었다.

　"너는 지나치게 둔감해."

"역시 그게 문제구만."

지온은 한숨을 쉬며 고개를 내젓고는 손에 든 손전등을 매만졌다. 마법이라는 걸 다룰 수 있다면 몸을 보호할 수단이 하나 더 생기는 셈이었지만 지금은 이 물건들로 어떻게든 버티는 수밖에 없었다.

익숙하지 않은 걸 억지로 해보았자 효과가 제대로 나타날지도 미지수였기 때문이다.

"음? 주위의 분위기가 좀 변한 것 같아."

"아마 신전을 떠나 던전 안에 들어온 것 같다. 신전을 가리기 위해 그 위에 던전을 지어놨을 거야."

"던전이라……. 지긋지긋하군."

지온은 주위를 살피며 신중히 앞으로 나아가기 시작했다. 워낙 함정이 널린 던전이다 보니 신중할 수밖에 없었다.

꽤나 긴 오르막을 신중하게 오른 것 같았다. 앞서가던 지온은 결국 몸을 멈추었다.

흠칫─

"이 냄새는……."

잊을 수 없는 고약한 냄새. 시체 썩는 냄새가 코끝을 찔러왔다.

"이브, 아무래도……."

"정면을 주시해. 뭔가 온다."

지온은 침을 꿀꺽 삼키며 손전등을 빼 들었다.

키에에엑!

익숙한 울부짖음이었다. 살아 있는 모든 것을 증오하는 듯한 비명성.

지온은 두려움을 떨쳐내며 손전등의 버튼을 눌렀다.

지잉—

라이트 세이버가 환하게 치솟으며 두려움을 사라지게 만들었다.

"좋아."

두렵지 않다.

그 현실 같은 꿈에서 지온은 이보다 더 두려운 상황을 직접 겪었다. 끔찍한 고통과 보기만 해도 무너질 것 같은 광경을 온몸으로 느꼈다.

"이브, 마법으로 백업할 수 있겠어?"

"물론."

"내 뒤에서 지원해 줘."

어둠 속에서 꿈틀거리는 붉은 눈동자들이 서서히 보이기 시작했다. 날카로운 이빨과 손톱의 모습이 지온의 두 눈에 똑똑히 보였다.

지온은 후드를 눌러쓰며 본능적으로 자세를 낮췄다.

"온다!"

키에에엑!

구울이 함성을 지르며 일제히 달려들기 시작했다. 지온은 살짝 주춤거렸지만 다시 마음을 가다듬고 눈을 감지 않으려 노력했다.

'그냥 좀비일 뿐이야!'

영화에서 본 좀비보다 훨씬 무서운 놈들임에는 틀림없었다.

라이트 세이버를 꽉 쥐니 점점 자신감이 생기는 것 같았다. 이브는 그의 뒤에 있어서 볼 수 없었지만 화끈한 열기가 느껴져 마법을 시전하고 있다는 것을 알아차렸다.

"키엑!"

서경!

지온은 침착하게 가로로 베어 달려드는 구울 하나를 두 조각 냈다. 구울의 신체에 닿자마자 라이트 세이버는 어마어마한 절삭력을 발휘해 무엇을 베었다는 느낌조차 들지 않았다.

그 점이 지온을 좀 더 과감하게 했다.

두 조각으로 베어진 구울이 지온의 양옆에 떨어졌다. 천장에 붙어 있던 구울과 바닥을 기던 구울이 동시에 지온에게로 쏟아져 내렸다.

지온은 다급히 라이트 세이버를 휘둘러 밀려드는 구울들을 베었지만 가슴으로 뛰어드는 구울 때문에 뒤로 밀려나고 말았다.

"이, 이 자식이!"

지온의 가슴에 날카로운 손톱을 쑤셔 넣으려고 노력하는

구울이 보였다.

퍽!

힘있게 발을 들어 차버리자 사방에서 몰려드는 구울이 지온의 몸에 탐욕스럽게 이빨을 꽂아 넣기 시작했다.

막강한 등산복의 방어력 때문에 상처는 입지 않았다. 하지만 생각보다 훨씬 강한 구울의 힘 때문에 움직일 수조차 없었다.

몸무게로 찍어 눌러오자 라이트 세이버를 떨어뜨리고 무릎을 꿇을 수밖에 없었다.

'제, 젠장! 이, 일어나야 해!'

등산복과 이빨이 마찰되며 갈리는 소리가 너무나도 섬뜩하게 느껴졌다. 후드가 구울들의 발악에 의해 벗겨질 것만 같았다.

콰아앙!

화끈한 열기가 주위를 강타했다.

"지온!"

이브의 목소리가 들리자마자 지온의 몸이 뒤로 쭈욱 당겨졌다.

"이브?"

이브는 손에 든 불덩어리를 한 번 더 구울에게 던졌다.

콰아앙!

강렬한 폭발과 함께 구울들의 신체가 조각나 바닥에 떨어졌다. 지온은 구울들의 잔인한 최후보다 피투성이가 된 이브의 팔이 더욱 눈에 들어왔다.

"너……."

"무기를 주워! 지온!"

하얀 의복이 찢겨 피로 물들어 있었지만 이브는 눈 하나 깜짝하지 않고 지온을 바라보며 소리쳤다.

지온은 다급히 라이트 세이버가 있는 쪽을 바라보았다. 구울들이 미친 것처럼 발광하며 라이트 세이버 쪽으로 몰려들고 있었다.

이브는 빠르게 자신의 엉망이 된 팔을 이용하여 피로 마법진을 그리기 시작했다.

피로 그려진 마법진이 마나와 닿아 호응함과 동시에 이브는 지온을 바라보았다.

지온은 그 뜻을 알아차리고 무작정 구울이 있는 곳으로 달리기 시작했다.

"죽어버려! 하찮은 시체 놈들!"

이브가 마력이 담긴 다른 손으로 마법진을 때리자 공중에 불화살들이 나타나 구울 쪽으로 쏟아져 내렸다.

달려가는 지온을 아슬아슬하게 스쳐 지나가며 구울들을 뒤로 날려 보냈다.

키엑!

지온의 눈앞에서 구울 하나가 불화살에 관통당해 불타 없어졌다.

지온은 바닥에 떨어진 라이트 세이버를 보며 그대로 슬라이딩했다. 아슬아슬하게 머리 위로 구울의 날카로운 손톱이 스쳐 지나갔다.

'조금만 더!'

바닥에 미끄러진 지온은 크게 손을 뻗었다. 무언가 닿는 느낌이 드는 동시에 위에서 구울들이 눌러오기 시작했다.

'잡았다!'

지온은 손을 뻗어 라이트 세이버를 움켜쥐었다.

부웅!

손에 느껴지는 라이트 세이버의 감각!

망설일 것도 없었다. 지온은 자신의 신체를 눌러오는 구울들을 뿌리치며 마구잡이로 라이트 세이버를 휘둘렀다.

서걱! 서걱!

육체가 허무하리만큼 쉽게 베어지며 바닥에 떨어져 내렸다. 말라 버린 시체와 같은 구울에게서는 피조차 뿜어지지 않았다.

지온은 정신이 나간 사람처럼 라이트 세이버를 휘둘렀다.

숨이 턱 밑까지 차올랐지만 휘두르는 것을 멈추지 않았다.

"키에에엑!"

한차례 비명이 들리더니 구울들은 슬금슬금 물러나기 시작했다. 더 이상 지온을 공격할 마음이 없어져 버린 것 같았다.

지온은 라이트 세이버를 들고 구울들이 사라진 어둠 속을 노려보고 있었다. 온몸에 꽉 들어간 힘이 결코 빠지지 않았다.

"지온, 괜찮다. 모두 물러갔다."

이브가 그렇게 말하고 나서야 힘이 풀렸다. 전투 중에는 보이지 않던 구울의 육체들이 지온의 시야를 어지럽혔다. 바닥에 수북하게 쌓인 구울의 육체가 구토감을 느끼게 만들었다.

지온은 벽에 손을 대고는 거친 숨을 몰아쉬었다.

"하아, 하아……!"

"명심해라, 지온. 전투 중에는 이성을 잃으면 안 된다. 너 자신을 잃지 마."

"으, 응."

지온은 턱 선을 타고 흐르는 땀을 손등으로 닦다가 이브의 팔이 눈에 들어왔다. 뼈가 보일 정도로 깊게 파인 상처, 그리고 독에 중독되어 시퍼렇게 죽어 썩어가는 상처다.

"이브 너, 팔이……."

"음, 망가져 버렸군."

자신의 팔이 분명함에도 불구하고 아무렇지도 않게 말하는 이브였다. 심지어 무표정을 고수하고 있기까지 했다.

팔을 들어 휘휘 흔들어 보기까지 하는 그녀의 행동에 기겁해 지온이 소리쳤다.

"너, 너! 가만히 있어!"

간단하게 챙겨온 구급용품이 생각난 지온은 가방에서 구급용품을 꺼내 바닥에 내려놓았다. 소독약, 연고, 그리고 붕대가 다였지만 이거라도 있으니 다행이라는 생각이 든 지온이었다.

"인간의 몸은 약하군. 이리도 금방 망가져 버리니 말이야."

지온은 일단 상처 부위에 달라붙은 옷을 떼어냈다.

"팔 하나 정도 없어도 마법을 쓰는 데 지장은 크게 없다."

"이브, 너……"

"잘라내라. 불편하겠지만 나중에 따로 이식하면 될 터."

이미 극독에 의해 썩어들어 가기 시작한 피부를 바라본 지온은 이브의 어깨를 강하게 잡으며 입을 떼었다.

지온은 도저히 그녀의 저런 태평한 소리가 이해가 되지 않았다.

"그런 소리 하지 마! 팔 하나쯤 없어도 된다고?"

"냉정하게 생각해라."

"젠장! 난 그런 거 모른다고."

지온은 인상을 일그러뜨리며 이브를 바라보았다.

자신 때문이다. 자신이 멍청하게 대응해서 이브의 팔이 저 꼴이 된 것이다.

'타나토스, 나를 이곳에 끌고 온 당신의 권능이 저주스럽

지만 이번만큼은……!'

후들후들 떨리는 손으로 붉은 통에 들어 있는 소독약을 꺼내 들었다.

"가지고 온 물건이 능력을 지녔다면… 이것도……."

지온은 손에 든 소독약을 보며 간절히 바랐다.

지금 절실하게 필요한 것은 상처를 치유하는 능력이다. 그 기능이 비정상적으로 증폭된 손전등과 등산복, 가방처럼 이것도 그런 능력을 지니고 있기를 간절히 바라고 있는 것이다.

소독약을 솜에 묻혀 피부에 문대었다.

"큭!"

이때까지 신음조차 흘리지 않던 이브의 눈썹이 일그러졌다.

고통을 느끼긴 하나 보다, 라고 생각하면서 지온은 상처 전체에 소독약을 묻혔다. 그러자 신기한 일이 벌어졌다.

"상처가……."

지온의 두 눈이 크게 떠졌다. 퍼렇게 죽어가던 상처가 원래의 색을 되찾아가고 있었기 때문이다. 아물지는 않았지만 독소가 전부 소독되는 것이 눈에 보였다.

기포가 일어나며 죽은 독소가 바닥으로 흘러내렸다.

"하하!"

지온은 웃음을 내뱉으며 튜브 형식으로 된 연고를 짜서 상처에 발랐다. 소독약이 이 정도 능력을 지녔다면 연고 역시 그러할 것이다.

지지직—

"다, 다행이다."

오염되었던 상처가 떨어져 나가고 피부가 빠르게 재생되기 시작했다. 회복이 아니라 완벽한 재생, 그러한 표현이 어울릴 것이다.

"지온, 이건… 포션인가? 아니, 그 정도가 아니야. 상처를 이어 붙이는 것이 아니라 처음부터 완전히 뜯어고치고 있어."

"나도 모르겠어. 그 권능이란 것이 여기에도 스며든 것 같아."

도저히 어떻게 안 될 것 같던 손도 순식간에 정상으로 돌아왔다. 이브는 멀쩡해진 오른팔을 이리저리 움직여 보더니 놀란 표정을 지었다.

"위화감이 전혀 없어. 신경 조직까지 완벽히 재생된 것 같군."

"후……."

긴장이 풀린 지온은 그제야 바닥에 주저앉았다. 이브의 팔을 잘라냈다면 지온은 분명 극심한 괴로움에 떨었을 것이다. 자신 때문에 다친 것도 미안한데 불구까지 되어버린다면, 그것도 이처럼 아름다운 여자가 말이다.

"인간들이 왜 그토록 몸을 사리는지 알 것 같다. 이토록 약한 육체를 지녔으니 그것은 당연한 것이겠지."

"그래, 너도 이제는 약한 육체니까 몸을 사려. 부탁이다. 더 이상 그런 건 보고 싶지 않아."

"내가 다친 것이 너에게도 영향이 있는가?"

그렇게 묻는 이브의 말에 지온은 이브의 두 눈을 바라보았다. 아름다운 눈동자에는 순수한 궁금증이 서려 있었다.

"고통스럽다고. 다치는 걸 보는 건."

"…마음이 약하군, 지온. 하지만 그러한 인간들도 어떨 때는 그 누구보다도 용맹해지더군. 자신의 목숨을 버려가면서까지 말이야. 이해할 수 없다."

"뭐……."

지온은 벽에 등을 기대었다. 이브도 지온을 따라 차가운 벽에 등을 기댔다.

"영화나 드라마 주인공들 보면 되게 멋있는 대사로 설명해주던데 나는 잘 못하겠다."

"영화? 드라마?"

"음, 연극 같은 거야."

"오, 그렇군. 언젠가 한번 본 적이 있다."

그녀답지 않게 발랄해진 목소리에 지온은 피식 웃어버렸다. 저렇게 감정 섞인 목소리가 더욱 듣기 좋다고 느낀 지온이었다.

둘은 한동안 그렇게 차가운 벽에 등을 기대고 있었다. 벽의

냉기가 모두 사라질 때까지 그렇게 이야기를 나눈 것이다.

"이제 슬슬 움직이자. 태양이 보고 싶어졌어. 아! 설마 달이 두 개이거나 하지는 않겠지? 내가 살던 곳이랑 비슷했으면 좋겠는데."

"태초에는 원래 하나였다. 하지만 타나토스님께서 두 개로 쪼갰지."

"하, 거짓말."

지온이 이브를 바라보며 그렇게 말했지만 그녀의 진지한 표정은 변하지 않았다.

"정말이라고?"

"음, 그야말로 장관이었지."

"후, 정말인지 두 눈으로 직접 확인해 보고 싶어졌어. 슬슬 움직이자."

지온이 자리에서 일어나자 이브 역시 따라 일어났다. 지온은 구급약품을 잘 챙겨 가방에 넣었다. 부상에서 오는 위협이 적어진 것 같아 안심이 되었다.

'타나토스의 권능, 제법 사람을 생각해 주네.'

물론 이 세계로 데리고 온 것 자체가 잘못된 것이지만 말이다.

복도를 걷다 보니 천장이 무너져 길이 막혀 있었다. 위를 바라보니 올라갈 만한 곳이 있음을 발견했다. 이곳은 상당한 지하라고 하니 올라가다 보면 출구는 분명 나올 것이다.

"좋아."

지온은 손전등을 주머니에 쑤셔 넣고 돌 사이로 손을 뻗었다. 암벽 등반을 해본 경험이 있었지만 이런 상황에서는 역시 처음이다.

"이브, 올라올 수 있겠어?"

아래를 내려다보며 말하자 이브는 피식 웃어 보였다.

"마법은 폼으로 있는 것이 아니다."

"아······."

열심히 손발을 놀리며 올라가는 지온과는 다르게 천천히 공중으로 솟구치는 이브였다. 그 모습이 뭔가 지온에게 허무한 감정을 안겨주었다.

마법이란 것은 상당히 편리한 모양이다. 하지만 둔감이 죄라면 죄였다.

지온은 몸을 굴릴 수밖에 없는 처지였다.

"웃차!"

겨우 다 올라오자 상쾌한 느낌이 들었다.

"체력이 늘어난 건가?"

구울 놈들을 피해 도망갈 때는 조금만 뛰어도 숨이 막힐 것 같았다. 하지만 지금은 힘들긴 해도 뭔가 상쾌했다.

"네 몸에는 인간으로서는 상상조차 할 수 없는 막대한 마력이 담겨 있으니 말이야. 네 자질이 미천하여 다룰 수는 없어도 몸에 영향을 끼치는 건 당연하다."

체력이 늘어난 것은 좋은 일이다. 지온은 잘은 몰라도 근력도 어느 정도 늘어난 것 같아 만족스러웠다.

집으로 돌아갈 방법이 있다. 하지만 그것은 어려운 일이 분명했다.

이루기 위해서는 강해져야 한다.

마력을 다룰 수 있게 된다면 인간은 어디까지 강해지는 걸까?

'막 장풍을 쏘거나 그럴 수도 있겠지?'

무협지를 즐겨 읽던 기억이 나자 조그마한 웃음이 지어졌다. 지금은 일단 라이트 세이버로 만족할 수밖에 없었다.

"운이 좋은 것 같아. 이곳은 신관들이 사용하던 길로 보이는군."

먼지만 쌓였다 뿐이지 제법 깔끔한 복도였다.

"그걸 어떻게 아는 거야?"

"그놈들은 복도에 저런 표식을 해놓지. 평화를 위한 투지라더군."

날개를 펼치고 있는 드래곤의 모습이었다. 굉장히 공격적인 모습이라 지온에게 제법 깊은 인상을 남겼다.

묘한 느낌이 들었다. 처음 보는 표식이 분명했지만 왠지 낯익었다.

"지온?"

이브의 말에 살짝 고개를 끄덕인 지온은 문양을 손으로 만져 보다가 다시 걷기 시작했다.

"음⋯⋯."

이제껏 아무것도 먹지 못한 지온은 뭔가 먹어야겠다는 생각이 들었다. 그동안 긴장에 억눌러 있던 배고픔이 슬슬 머리를 들어버렸기 때문이다.

잠시 멈추어 서서 제법 많이 가지고 온 초코바 두 개를 꺼내 하나는 이브에게 주었다.

"이건 뭐지?"

"먹는 거야. 열량이 높아서 체력 보충에 좋지."

"이상한 재질이군. 음?"

이브가 봉지째 입에 넣으려고 하는 것을 지온이 웃으며 말렸다. 지온이 먼저 봉지를 뜯는 걸 보여주자 이브는 손을 꼼지락거리며 봉지를 뜯었다.

그 모습이 상당히 귀여워 보였다.

"호오?"

이브의 몸은 인간으로서 재구성한 신체였지만 보통 인간보다 신체 능력이 대단한 것은 물론 오감도 뛰어났다. 이브는 초코바가 내뿜는 달콤함에 금세 매료되어 버렸다.

지온 역시 초코바에게 시선을 뗄 수 없었다.

'조금 변한 것 같기도 한데⋯⋯.'

무언가 더 달콤하게 느껴졌다. 정확히 어디가 변한 건지는 모르지만 봉지를 뜯었을 때 풍기는 향기는 초콜릿에 익숙한 지온조차도 깜짝 놀랄 정도였다.

지온은 이브가 초코바를 한입 베어 무는 것을 지켜보았다.

"으, 읍?!"

비틀—

이브의 눈이 크게 떠지며 마치 힘이 풀린 듯 몸이 비틀거렸다. 살짝 눈물이 고여 있는 것이 보이자 지온은 고개를 갸웃하며 초코바를 먹어보았다.

"읍?!"

정신이 붕 뜨는 느낌이다. 환상적인 달콤함이 입안으로 퍼져 나가더니 온몸으로 질주했다. 전신을 때리는 묘한 쾌감에 벽에 몸을 기댈 수밖에 없었다.

이브는 입을 오물거리더니 단숨에 다 먹어버렸다.

"뭐, 뭐지? 이런 음식이 존재할 수 있는 건가?"

이브의 감탄이 쏟아져 나왔다.

"괴, 굉장하군. 이런 식으로 변할 줄이야."

"지온, 이건 굉장한 정도가 아니야."

이브는 진정으로 신비한 음식이라 생각했다. 천상의 음식도 먹어본 이브였지만 이것만큼 대단하지는 않았다. 봉지를 든 이브의 손이 아직도 떨리고 있었다.

"마력 회복 속도가 굉장히 빨라졌다. 육체적인 힘도 증가한 것 같다."

"음? 그러고 보니……"

"일시적인 버프 현상으로 보이지만… 아무튼 대단하군."

생기가 넘치는 이브의 표정에 지온은 웃으며 고개를 끄덕였다. 지온 역시 배가 고팠던 것이 순식간에 사라지고 왠지 모를 힘이 솟구치는 것을 느꼈다.

'그 모 회사의 시리얼도 아니고, 호랑이 기운이 솟아나는 것 같아.'

누가 나와도 때려눕힐 수 있을 것 같은 자신감이 넘쳐흐르기 시작했다. 이브는 살짝 홍조 띤 얼굴로 지온이 든 초코바를 바라보았다.

살짝 초코바를 움직여 보자 이브의 시선이 따라 움직였다.

지온은 피식 웃으며 반을 잘라 이브에게 주었다.

'달콤한 걸 좋아하는가 보네.'

확실히 엄청난 맛이긴 하지만 지온은 이브만큼 충격을 받지는 않았다. 초콜릿을 입에 넣은 이브는 지온의 시선을 느끼자 슬쩍 시선을 피했다.

부끄러워하는 것이 분명했다.

"흐, 흠. 아무튼 빨리 빠져나가도록 하지."

입을 달싹이며 말하는 이브였다.

배고픔도 사라졌겠다, 온몸에 활력이 넘치겠다, 지온과 이브의 발걸음은 전보다 훨씬 빨라져 있었다. 명치 쪽에서 뜨거운 기운이 느껴졌는데, 시간이 지날수록 조금씩 사라지고 있었다.

분명 초코바의 효능은 그 느낌이 없어지면 다할 것이다.

'그래도 두 시간은 가겠는걸.'

이브의 걸음도 경쾌하게 느껴졌고, 기분이 좋은지 은은한 미소까지 걸려 있다.

지온은 다시 기분 좋게 걸음을 옮기다가 인상을 일그러뜨리고 말았다. 도저히 잊을 수 없는 악취를 맡았기 때문이다.

깔끔한 계단에 거대한 덩어리가 진 배설물이 늘어져 있었다. 방금 쌌는지 김이 모락모락 나오고 있었다.

"다른 길을 찾는 것이 좋겠어."

"이 배설물의 주인 때문인가?"

지온이 고개를 끄덕이자 이브 역시 동의를 표하려다가 고개를 젓고 말았다.

"힘들 것 같군. 아무래도 우리를 기다린 모양이다."

"응?"

잊을 수 없는 놈이 모습을 드러냈다. 지온의 눈에 천천히 그 모습이 들어왔다.

어떻게 저놈을 잊을 수가 있을까?

"트롤……."

오르막 계단 끝에서 거대한 붉은 눈동자와 함께 입김이 솟아오르는 것이 보였다. 굉장한 악취가 지온이 있는 곳까지 밀려왔다.

구울은 트롤에 비하면 양반이었다.

구토감이 치밀었지만 간신히 참아내고 다급히 라이트 세이버를 빼어 들었다.

쿵— 쿵—

"신전과 던전 사이에 풀어놓았던 몬스터로군. 고대에는 저런 몬스터들을 양육해서 병기로 사용했지."

쿵—!

지온을 발견하자마자 화가 머리끝까지 나는지 손에 든 몽둥이를 벽에 휘둘렀다. 단단해 보이던 벽에 금이 가며 가루가 흩어져 날리었다.

"버림을 받고 잊혔어도 자기들끼리 번식을 했다는 거군."

"이브, 한가하게 그런 걸 말해줄 때가 아닌 것 같아."

이브는 고개를 끄덕였다. 하지만 별다른 자세를 취하지 않고 오히려 팔짱을 꼈다.

"이브?"

"지금 내가 지닌 마법력으로는 저놈의 항마력이 담긴 피부를 뚫을 수가 없다. 내가 널 도와줄 수 없다는 거지."

쿵쿵! 쿵쿵!

계단의 폭이 좁아 끼어서 잘 내려오지 못하고 있었다. 트롤은 화가 났는지 마구잡이로 몽둥이를 휘둘러 벽을 때려 부수기 시작했다.

"그럼 나 혼자 저놈을 상대하라고?"

"어쩔 수 없지 않은가?"

"차라리 도망……."

"이미 늦었다! 앞을 봐라, 지온!"

콰아아앙!

지온의 바로 앞에 거대한 몽둥이가 날아와 박혔다. 천천히 고개를 들어 앞을 보니 거대한 트롤이 좁은 벽을 완력으로 벌리며 다가오고 있었다.

후드득!

천장에서 돌이 무너져 내리며 바닥에 떨어졌다. 트롤의 거대한 붉은 눈이 지온의 눈과 마주쳤다.

순간 정적이 일었다.

쿠오오오오!

"우왁!"

벽들이 부서져 내린다.

트롤이 힘을 모았다가 한 번에 벽을 부수며 돌격해 왔다. 몸이 꽉 끼는 공간을 몸으로 부수며 달려드는 트롤의 모습은 지온의 정신을 쏙 빼놓을 만큼 위압감이 넘쳤다.

"뛰어!"

이브는 그렇게 외치고 먼저 뛰기 시작했다. 지온 역시 망설일 것도 없이 뒤따라 달렸다.

쿠오오오오!

트롤이 마치 '거기 서!' 라고 외치는 것 같았다. 등 뒤에서 느껴지는 거대한 진동에 고개를 돌려 바라보자 지온의 등 바로 앞에 거대한 주먹이 당도해 있었다.

퍽!

지온의 몸이 앞으로 고꾸라지며 바닥에 처박혔다.

'크, 여전히 무지막지한 놈이군!'

트롤이 화려하게 날뛴 덕분에 천장과 벽이 무너져 내리며 길이 등장했다.

"지온! 이쪽에 큰 공간이 있다! 좁은 길은 불리하니 이리로 유인해!"

그러면서 먼저 쏙 가버리는 이브가 왠지 얄미워지는 지온이었다.

"젠장!"

지온은 넘어졌던 몸을 일으키며 트롤을 바라보았다. 트롤의 일그러진 못생긴 얼굴이 지온을 씹어 먹을 듯이 크게 열렸다.

쿠오오오!!

버튼을 눌러 라이트 세이버를 소환했다. 갑자기 눈부신 빛이 터져 나오자 두 눈을 부여잡고 트롤이 괴로워하기 시작했다.

지온은 그 틈을 노려 빠르게 뒤로 빠졌다.

"무식한 트롤 놈아! 여기다!"

쿠오!!

우왁!

마구 난동을 피우기 시작한 트롤의 모습에 허겁지겁 달려 간신히 넓은 방 같은 공간에 도착했다.

"하아, 하아! 덩치도 큰 놈이 무식하게 빠르네."

"보통 트롤과는 다른 놈이지. 그렇게 만들어졌으니까."

땀을 흘리며 거친 숨을 내뱉은 지온은 이브의 설명에 한숨을 내쉬었다.

이브는 지온과는 달리 땀 한 방울 흘리지 않고 깨끗한 그대로의 모습이었다. 그녀의 아름다움은 분명 성스럽기까지 했지만 지금의 지온에게는 그것조차 눈에 들어오지 않았다.

쿵!

트롤이 도착했기 때문이다.

"저놈과 나는 끝장을 봐야 한다는 거군."

"강한 상대지만 네가 꿈에서 상대했던 그 괴물에 비하면 그저 그런 수준이다. 더군다나 넌 그 초코바라는 것의 버프도 받지 않았나."

"전혀 위로가 안 되지만 해보는 수밖에!"

그 거대했던 합체 좀비들에 비하면 저 정도는 어린아이 수준이다. 지온은 그렇게 마음먹고는 라이트 세이버를 두 손으로 쥐고 앞으로 살짝 내밀며 자세를 잡았다.

검술에 대한 건 모르지만 일단 그럴듯하게 흉내는 내고 싶었기 때문이다.

조금 더 강해진 느낌이 든 지온이었다.

쾅—! 쾅! 드르륵!

몽둥이를 미처 챙겨오지 못한 트롤은 벽을 퉁퉁 치다가 기둥 하나를 뜯어냈다.

거대한 돌기둥을 두 손으로 들고 흉흉한 안광을 내뿜고 있는 모습은 공포 그 자체였다. 지온과 같이 지하로 떨어지면서 생긴 안면 함몰 때문에 트롤은 지금 침을 질질 흐르고 있었다.

"심히 불쾌한 모습이로다."

쿠오오오!

이브의 말을 알아듣기라도 하는 듯 울부짖기 시작했다.

쿵쿵!

트롤이 달려들기 시작했다. 묵직한 발걸음이 바닥을 때리자 주위가 울리는 느낌마저 들었다.

거대한 근육에서 나오는 폭발력으로 눈 깜짝할 사이에 지온의 코앞까지 도달했다.

부웅!

거대한 돌기둥이 지온의 머리 위로 내려쳐진다. 지온은 생각보다 침착한 자기 자신에게 놀라고 있었다. 초코바의 버프 영향인지 정신은 깊게 가라앉아 있었고, 오감은 두 배 이상 상승해 있었다.

아직 사라지지 않은 초코바의 버프가 지온에게 자신감을 불어넣어 주었다.

부웅— 서걱!

라이트 세이버를 휘두르자 돌기둥이 베어지며 지온의 옆으로 떨어졌다. 깔끔하게 베어진 절단면이 지온의 눈에 들어온 순간 거대한 그림자가 덮쳐왔다.

트롤이 베어진 돌기둥을 지온에게 그대로 던져 버렸기 때문이다.

지온은 당황할 겨를도 없이 라이트 세이버를 휘둘렀다. 날아오는 돌기둥이 라이트 세이버에 닿자 그대로 잘려 나가더니 지온의 양옆으로 스쳐 지나갔다.

겨우 안도의 한숨을 내쉬려던 지온이었지만 결코 그렇게 할 수가 없었다.

퍽!

"윽!"

돌벽을 아무렇지도 않게 박살 낼 정도의 묵직한 주먹이 지온의 몸을 강타했다.

지온은 몸이 뒤로 주르륵 밀려나자 다급히 자세를 낮춰 중심을 잡았다.

"미친!"

욕이 절로 나오기 시작했다. 트롤의 공격은 아직 끝나지 않았기 때문이다.

쿠워워!

팔을 활짝 벌리며 온몸의 바디 어택을 해왔다. 공중에 일미터가량 붕 떠서 지온에게 쏟아지고 있는 것이다.

펑!

"우악!"

거대한 불덩어리가 지온의 옆구리를 강하게 때렸다. 덕분에 옆으로 크게 뒹굴었다.

콰아아앙!

지온이 있던 자리에 거대한 육체가 박혀 버리며 바닥을 무참하게 박살 내어 버렸다.

"으으……."

이브가 지온이 멍해진 것을 보고 불덩어리를 날려 지온을 튕겨낸 것이었다. 지온을 피하게 해준 것은 좋은데, 등산복은 마법 데미지를 다 방어해 주지 않는 모양인지 옆구리가 굉장히 아파왔다.

뼈가 나가지 않은 것이 다행일 정도의 충격이었다.

"지온, 괜찮은가!"

"아프잖아!"

"깔리는 것보다는 낫지 않은가."

"그건……."

아픈 것보다 정신적 충격이 상당하다.

드드드득!

트롤이 거대한 몸을 일으키기 시작했다. 트롤의 육중한 몸을 타고 돌가루가 바닥에 떨어졌다.

이대로 당하고 있을 수만은 없었다.

"하아압!"

지온은 트롤이 몸을 다 일으키기 전에 달려들어 라이트 세이버를 휘둘렀다.

쿠워웍!

강철 같은 트롤의 피부가 허무하게 잘려 나가는 것이 보이자 지온은 마구잡이로 더욱 빠르게 휘둘렀다.

후웅!

"으차!"

휘둘러오는 손을 간신히 피한 지온은 놈의 상태를 살폈다. 옆구리가 난자되어 비틀거리는 것이 보였다.

후드득!

초록색 피가 바닥에 흥건하게 흘러내리고 있었다. 트롤은 거대한 주먹을 들어 빠르게 지온에게 꽂아 넣었다.

'피하지 않는다! 침착해! 자세히 보는 거다!'

등산복의 막강한 능력 때문에 고통과 충격은 참을 만했다.

퍼억!

공기가 찢어지는 소리와 함께 지온의 가슴에 트롤의 주먹이 작렬했다. 지온의 몸만 한 주먹이 그대로 꽂아 들어간 것이다.

하지만 지온은 이것을 노렸다.

쿠워워워!

트롤의 고통스러운 비명이 들려왔다. 지온은 뒤로 크게 팅겨져 나가기 전에 팔뚝에 라이트 세이버를 꽂아 넣은 것이다.

그 결과 팔 하나가 그대로 길게 베어져 버렸다.

주욱 밀려나던 지온은 벽에 등을 부딪치고 나서야 겨우 멈추어 섰다.

"할 만하잖아?"

트롤에게는 자신에게 치명적인 데미지를 줄 수단은 존재하지 않는다. 하지만 자신은 트롤을 조각낼 무기를 지니고 있다.

"지온! 틈을 주지 마!"

"알고 있어!"

지온은 온몸의 힘을 끌어 모아 달리기 시작했다. 초코바의 버프로 향상된 신체 능력은 놀랄 만큼 대단한 속력을 내게 해 주었다.

지온의 약한 신체로도 빠른 움직임이 가능했다.

펑!

"파이어볼!"

이브가 뿜어낸 파이어볼이 트롤의 머리에 작렬했다. 항마력 때문에 데미지는 없었지만 충분히 트롤의 시야를 가려주었다.

"하압!"

지온이 트롤의 발밑으로 달려들어 라이트 세이버를 꽂아

넣으며 슬라이딩을 했다.

서걱!

트롤의 발목이 허무하게 잘려 나갔다. 마스터급에 근접한 오러로도 간단하게 자를 수 없는 트롤의 육체가 잘린 것이다.

'굉장한 절삭력이군. 오러 소드보다도 더 뛰어나.'

이브의 감탄을 받을 만한 자격이 있었다. 환하게 내뿜는 빛은 끝이 짐작되지 않는 에너지를 응집하고 있었기 때문이다.

"하압!"

바닥에서 일어나며 허벅지를 베자 트롤이 그대로 앞으로 고꾸라졌다.

콰앙!

쿠워워어!

넘어진 트롤이 일어나려고 발버둥 쳤지만 결코 일어날 수 없었다.

"끝났군."

이브의 말대로다. 육체적인 능력만 있는 트롤은 지온의 상대가 될 수 없었다. 정확히 말하자면 지온의 물건의 상대가 될 수 없는 것이다.

트롤은 제자리에서 발광하며 바닥을 부수다가 힘이 빠졌는지 조용해졌다.

"지온, 마무리를 짓지 않는 건가?"

"마무리?"

트롤을 바라보다가 버튼을 눌러 라이트 세이버를 없앤 지온이 이브를 바라보았다. 이브는 손가락을 하나 펴서 트롤을 가리켰다.

"저놈도 저 정도면 반성했을 거야."

"시간만 있으면 충분히 상처를 재생할 수 있는 놈이다. 저대로 놔두면 또다시 살아난다."

"마무리를 하라고 해도 말이지……."

지온은 곰곰이 생각하다가 고개를 저었다.

"저놈은 여기 구울의 천적이야. 저놈이 없어지면 구울이 더 많아지겠지."

"그렇군. 이 던전을 유지시키고 싶은 건가?"

"아니, 그렇게까지는 생각하지 않았는데, 이유가 있어서 사원과 던전 사이에 저런 걸 풀어놓은 거겠지?"

이브는 지온이 그런 이유보다 트롤을 죽이고 싶지 않은 것이 주된 이유일 것이라 생각했다.

'마음이… 너무 약하군.'

이브는 설레설레 고개를 내저었다. 이런 약한 마음은 치명적으로 작용할 수 있다는 것을 이브는 잘 알았다.

'고쳐 나가면 되겠지.'

그렇게 생각한 이브는 잠시 지온을 바라보다가 지온의 옆으로 와 섰다.

"가자. 저놈이 화려하게 날뛰어준 덕분에 바람의 흐름이 나에게로 닿았다. 이쪽으로 가면 출구가 있을 것이다."

"오, 그거 오랜만에 좋은 소리군."

지온은 긴 숨을 내쉬고 크게 미소 지었다. 출구란 말이 이토록 기분 좋게 들린 적은 처음이다.

지온은 앞서가는 이브의 뒷모습을 바라보다가 고개를 돌려 긴 호흡을 내쉬고 있는 트롤을 바라보았다.

"두 번 다시 만나기 싫군."

그렇게 짧은 감상평을 내뱉고 이브의 뒤를 따라가기 시작했다.

제5장

처음 보는 세상

SAVER
섬광의
세이버

"드디어 나왔다!"

"후······!"

트롤을 상대하고 세 시간 정도 더 걸려 밖으로 완전히 빠져나올 수 있었다.

지온의 눈앞에 석양이 지고 있는 태양이 보였다. 붉게 물든 하늘은 지구의 모습과 크게 다르지 않았다. 다만 색감이 더 선명해 더욱 아름답다는 느낌이다.

오염되지 않은 순수한 하늘이 감동을 줄 수 있다는 사실을 처음 깨달은 지온이었다.

지온과 마찬가지로 이브 역시 긴 숨을 내쉬며 가라앉고 있는 태양을 응시했다. 그녀로서는 무수한 세월을 지나 맞이한 태양이었기 때문이다. 암흑 속에서 바랐던 빛이 바로 저런 모습이었다.

"이브? 괜찮아?"

"조금 감정적으로 된 것 같군."

"뭐, 예쁘잖아? 그럼 된 거지."

지온과 이브는 한동안 석양을 응시했다. 발밑에 펼쳐져 있는 긴 숲과 잘 어울려 환성적인 분위기를 연출해 냈다.

대자연의 찬란한 경관은 아무것도 생각할 수 없게 만들었다. 그렇게 둘은 모든 것을 잊고 정신없이 그 풍경을 바라보았다.

"이제 시작이네."

지온이 그렇게 말하자 이브가 살짝 고개를 끄덕였다. 이제 막 이 세계에 정상적으로 발을 내디딘 것이다. 그렇게 생각하자 지온은 설렘과 두려움이 교차하는 기이한 감정을 느꼈다.

막 지온이 한 걸음 앞으로 내디딜 때였다.

"어이! 지온! 자네인가!!"

"음? 이 목소리는……?"

익숙한 목소리가 아래에서부터 들려왔다. 지온이 고개를 내려 바라보자 손을 크게 흔들고 있는 사내들이 보였다.

"카이론 대장님?"

무언가 잔뜩 챙겨온 카이론 대장과 그의 일행이 지온을 발견하고는 안도의 한숨을 내쉬었다.

"다행이군! 무사해서 다행이야!"

가파른 산비탈을 타고 지온과 이브가 내려오자 트레저 헌터 일행이 다가왔다.

"무사히 빠져나오셨군요."

제이란이 부드럽게 웃었다. 지온은 카이론, 제이란과 바록 말고도 상당히 많은 사람이 있는 것을 보고 의아한 표정을 지었다.

그러자 제이란이 그것을 눈치채고 웃으며 말해주기 시작했다.

"지온님을 구출하기 위해서 일행을 이렇게 데려온 겁니다."

"네?"

제이란의 말에 지온이 눈을 동그랗게 뜨자, 카이론이 지온의 어깨에 손을 올려놓고 몇 번 두드려 주었다.

"자네는 우리의 생명의 은인이니 말이야. 아무리 강해도 던전에 익숙하지 못한 자네를 그대로 방치할 수는 없었네."

척 보기에도 상당히 위험해 보이는 도구들을 잔뜩 짊어진 트레저 헌터 일행의 얼굴에는 모두 조그마한 미소가 그려져 있었다.

"이봐, 친구들, 우리의 신념이 뭐지?"

"의리는 의리로!"

"여자! 보물! 의리!"

모두 커다란 목소리로 그렇게 외쳤다. 지온은 그들의 목소리가 가슴을 울리는 듯한 느낌을 받았다.

그냥 지온을 버려둘 수도 있었는데, 단지 도움을 받았단 이유로 이렇게까지 준비해 온 것이다.

"그런데 지온, 저분은?"

카이론의 질문에 그제야 일행의 시선이 지온의 뒤에 있는 이브에게 꽂혔다. 숨이 막힐 정도로 아름다운 이브의 모습에 넋이 나간 자들이 대부분이었다.

"여, 여신?!"

더러는 신을 찾는 자들도 있었다.

"신관… 이십니까?"

카이론이 접해본 신관들의 복장보다 고풍스러운 모습이다. 한쪽 팔소매가 뜯어져 있었지만 그것을 커버할 정도로 범접할 수 없는 아우라 같은 것이 느껴졌다.

이브의 압도적인 존재감은 힘을 대부분 잃음으로써 약해졌지만 남아 있는 위압감이 마치 다른 세계의 사람처럼 느끼게 해주는 것이었다.

'보통 사람은 아니군.'

카이론의 직감이 그것을 알아챘다. 신중해진 카이론의 표정을 보며 지온은 어떻게 설명할까 고민했다.

그녀가 과거의 전설적인 대마수라는 걸 말하는 것은 결코 좋은 방법이 아니었다. 미친 소리로 들릴 가능성이 컸고, 일단 그렇게 된다면 쓸데없는 경계감을 심어줄 것이다.

그렇게 생각한 지온은 대충 둘러대기로 했다.

"제가 찾으러 온 사람입니다."

"지온, 기억이 제대로 돌아온 건가?"

지온은 카이론의 물음에 고개를 끄덕였다.

"충격이 커서 아직 제대로 회복된 것은 아니지만, 그녀는 제가 던전에 무모하게 들어간 이유입니다."

"음, 사정이 있나 보군. 그래, 더 이상 묻지 않겠네."

지온은 겨우 한숨 돌리며 미소를 지을 수 있었다.

"아! 이브, 이분들은……."

지온의 소개에 이브는 간단히 고개를 끄덕이는 걸로 대답을 대신했다. 카이론은 잠시 그런 이브에게 시선을 두었다가 지온에게로 시선을 옮겼다.

'보통 일은 아닌 것 같군. 우리가 신경 쓸 필요는 없겠지.'

지온이 던전에 그렇게 무모하게 들어온 이유를 알게 되니 앞뒤가 맞아가는 느낌이 들었다. 사정이 있는 것 같으니 깊게 캐묻고 싶지는 않았다.

중요한 것은 생명에 은인인 지온이 무사한 것이다. 목숨은 목숨으로 갚는다는 것이 카이론과 그가 만든 길드의 신념이었다.

'더 이상 묻지 않아서 다행이다.'

지온은 속이는 것이 양심에 찔리기는 했지만 좋은 거짓말이라 생각하며 그런 마음을 지웠다.

"주목!"

카이론이 지온에게 어깨동무를 하며 일행을 바라보았다.

"여기 있는 이 지온이 나와 제이란, 바록을 구한 영웅이다! 트롤과 맞붙고도 살아 돌아온 용사이지!"

"오오!"

강자를 존경하는 것은 이들 사이에서는 당연한 것이다. 카이론이 저렇게까지 말할 정도면 분명 대단한 강자라고 일행은 생각했다.

트롤과 맞붙을 정도면 기사 작위를 따고도 남을 정도의 실력이 분명했다.

"모두들 돌아갈 채비를 한다! 오늘은 새로운 친구를 사귄 좋은 날이니 내가 한턱 쏘지!"

"우오오오!"

빠르게 챙겨온 짐들을 들고 다시 돌아가기 시작한 이들을 바라보다가 카이론이 입을 떼었다.

"지온, 자네도 우리와 함께 가도록 하지. 내가 대접하게 해 다오."

지온이 이브를 바라보자 그녀가 고개를 끄덕였다.

"마을로 가기 위해선 그것이 좋을 것 같다."

"그럼 부탁드립니다."

"좋아, 잘 따라오라고. 해가 지기 전에는 무조건 술판을 벌일 예정이니까! 하하하!"

호탕하게 웃는 카이론이 앞서 걷기 시작하자 지온은 이브와 눈을 맞추고는 피식 웃어버렸다.

"재미있는 인간이군. 순수한 기운을 지닌 사내다."

"좋은 사람들이야. 앞으로의 계획은 마을에 가서 계획하도록 하자."

지온이 먼저 카이론을 뒤따라갔다. 이브는 살짝 고개를 돌려 던전을 바라보았다.

'내가 돌아갈 곳은……'

산에 묻혀 출구만 보이는 던전은 분명 예전의 모습과는 상당히 거리가 있었다. 들판이었던 곳은 나무가 솟아나 있었고, 아름답던 꽃은 모두 사라지고 잡초만 자라고 있었다.

그녀는 마치 세상이 자기 자신을 거부하고 있는 듯한 느낌을 받았다.

어쩌면 자신은 망령일지도 모른다.

"이브, 빨리 와!"

"…그래."

지온의 목소리가 들리자 가슴속에서 울리는 심장이 자신이 살아 있음을 일깨워 주었다.

이브는 고개를 설레설레 내젓고 미소를 가득 짓고 있는 지온을 뒤따라가기 시작했다.

해가 완전히 사라지고 두 개의 달이 모습을 드러냈다. 붉고 푸른 두 개의 달은 밤하늘에 펼쳐진 수많은 별들과 어우러져 장관을 이루었다.

그림으로 그려놓은 것 같은 장관에 지온은 목이 아플 때까지 하늘을 올려다보았다.

특히나 두 개의 달 주변에 부서져 뿌려진 달의 파편들은 몽환적인 분위기를 연출해 냈다. 두 개의 달은 부서졌던 것치고는 너무나도 깔끔한 원형이라고 지온은 생각했다.

그렇게 어두운 밤의 숲을 걸어 하루가 지나기 전에 마을에 도착할 수 있었다.

의외로 던전과 가까운 곳에 제법 큰 마을이 있었다.

'좀 더 가야 할 줄 알았는데 말이야.'

그런 위험한 몬스터들이 있는 던전과 이렇게 마을이 가까울 줄은 생각도 못한 지온이다.

사실 지온이 있던 던전은 이미 클리어 된 오픈 던전이었다. 신성교단 쪽 고고학자들이 미개발 지역에 고대유적이 있을지도 모른다는 의뢰를 해서 카이론이 직접 가본 것이었다.

카이론은 유적은 하나도 발견하지 못했지만 무언가 숨겨져 있다는 것은 확실히 알 수 있었다.

"으응? 카이론 대장님 아니십니까? 벌써 돌아오시는 겁니까?"

"그렇게 되었네."

경갑옷을 입고 있는 경비병이 웃으며 카이론 일행을 통과시켜 주었다. 성벽처럼 웅장한 것은 없었지만 나무로 마을 주위를 잘 막아놓아 작은 몬스터들이 침입할 수는 없었다.

"오……!"

지온에게는 신기한 것투성이였다. 사람들의 복장, 주위의 환경 모든 것이 영화에서나 나올 법한 것들이다. 마치 영화 세트장에 온 것 같은 착각이 일었다.

밤거리를 밝히고 있는 조명은 전기가 아닌 다른 성질의 것이 분명했다.

육체에 남아 있는 기억의 영상을 보았지만 역시 실제로 보는 것과는 많은 차이가 있었다.

이를테면 흑백 영화 속에 실제로 들어온 느낌 정도다.

"다, 닭이 엄청 크네?"

울타리 안에 거대한 닭 모양의 새가 보이자 지온은 눈을 빛내며 바라보았다. 조명 아래에 모습을 드러내고 있는 닭은 분명 비이상적으로 컸다.

상대적으로 날개가 작아서 분명 날지는 못할 것이다.

"신기한데?"

"지온, 너무 소란 떨지 마라."

이브가 지온에게 주의를 주었지만 이브 역시 주위를 둘러보느라 바빴다. 지온과는 다른 이유에서였지만 카이론이 보기엔 똑같이 보였다.

'이런 시골 마을은 처음 오는 모양이군.'

뒤에서 이브와 지온의 행동을 바라본 카이론은 부드럽게 웃었다.

'미녀 신관과 마스터급의 검사라……'

범상치 않은 조합이었지만 권위적인 모습과 거리가 먼 지온의 모습에 그다지 벽이 느껴지지 않았다.

"지온, 페르페노를 처음 보는 모양이군."

"페르페노요?"

"그래. 보통 도시에서 쓰는 이동용과는 다르게 이 마을에서는 식용으로 기르고 있지. 이동용은 날개가 커서 제법 하늘을 잘 날거든."

지온의 눈에 페르페노가 상당히 맛있는 커다란 닭고기로 보이기 시작했다. 하루 동안 초코바를 제외하면 아무것도 먹지 않은 지온은 초코바의 버프가 다하자 배가 극심하게 고파 오는 것을 느낄 수 있었다.

빨리 무언가를 먹고 마시고 싶었다.

그것은 이브도 마찬가지여서 내색은 안 했지만 배에서 꼬르륵 소리가 났다.

"하하하, 일단 식사를 하러 가는 것이 좋겠군."

"…음."

살짝 얼굴을 붉힌 이브가 지온보다 먼저 고개를 끄덕여 카이론에게 손짓했다.

앞장서라는 제스처다. 무례하게 보일 법했지만 이브의 행동이 왠지 귀여워 보이는 카이론이다.

"자, 이쪽이다. 신관님, 모소코식 식사가 입에 맞을지 모르겠습니다만."

"영양만 충분하다면 상관없다."

"그렇다면 그것만 한 것이 없지요. 자, 지온. 그렇게 촌놈처럼 구경하지 말고 빨리 가세나. 하하!"

이브가 잡아끌자 겨우 페르페노에서 눈을 뗀 지온이었다.

"푸하하! 지온, 도시 촌놈이군! 하긴, 제이란도 그랬지."

바록이 다가오며 지온의 등을 치며 말했다. 무식하게 커다란 바록 옆에 있으니 지온이 어린아이처럼 보일 지경이다.

"크군."

"아가씨, 제가 좀 크죠."

바록이 수줍어하며 이브의 말에 대답했다. 호탕한 그답지 않게 여자에게는 약한 모양이다. 아무튼 바록의 거대함은 이브마저 드물게 감탄할 정도였다.

시끄럽게 마을 깊숙한 곳에 있는 제법 큰 식당에 도착할 수 있었다. 여관을 겸하고 있고 음식이 꽤나 맛있어서 많은 여행자들이 있었다.

물론 여행자들의 주목적은 이 근방에서 가장 맛있는 맥주일 테지만 말이다.

카이론 일행이 식당에 모두 들어오자 시끄러워지기 시작했다. 카이론이 주화를 꺼내 주인에게 건네자 주인은 피식 웃더니 알아서 음식을 내오기 시작했다.

"지온."

"응?"

"저것을 먹는 것이 어떤가."

이브가 가리킨 것은 테이블 위에 있는 거대한 페르페노였다. 지온도 저 거대한 닭을 먹고 싶은 마음이 굴뚝같았다.

치킨과 맥주.

이 얼마나 멋진 조합이란 말인가!

지온과 이브는 테이블에 앉자마자 빠른 속도로 페르페노를 분해하기 시작했다.

마구 집어먹는 지온과 대조적으로 품위 있게 먹는 이브였지만 음식을 먹는 속도는 다른 누구보다 빨랐다. 게다가 그 양 또한 어마어마했다.

"마셔라!"

"우오오오!"

"마시고 죽자!!"

시끌벅적한 분위기가 절정에 이르고 있었다. 흥이 오르자 지온 역시 맥주를 들이켜기 시작했다.

"끝내주네! 이거!"

지구에서 먹던 맥주 맛과는 차원이 달랐다. 시원한 것이 아주 잘 들어가는 데다가 무언가 가슴을 풀어주는 것이 존재했다.

지온은 꾸준히 음식을 먹고 있는 이브와는 다르게 포크를 놓았다.

"어이, 지온! 이리 와서 한잔하자!"

"오오, 술 마시는 것도 마스터급일까?"

바록과 주위에 있던 사내들이 맥주잔을 들며 지온을 불렀다. 분위기에 취한 지온은 바록과 함께 술을 들이켜기 시작했다.

"대, 대단해, 저 신관. 한 마리를 혼자 다 먹었어!"

"미인인데 무서워!"

이브는 나이프와 포크를 내려놓고 냅킨으로 입 주위를 닦았다.

"음, 나쁘지 않았다."

"하하, 제법 잘 드시는군요."

"카이론이라 했던가?"

이브는 바록, 제이란과 술에 취해 시끌벅적한 지온을 바라보다가 카이론에게 시선을 옮겼다.

"내가 이쪽 문화에 익숙하지 못하다. 내가 그대의 기분을 상하게 했다면 이해해라."

자신의 언어에 문제가 있을 수도 있다는 것이 그녀의 판단이었다.

인간들은 권위, 명예 같은 것을 중요시하는 것을 잘 아는 이브다. 생명의 그 본질을 보고 상대를 판단하는 자신과는 분명 다른 사고방식일 터였다.

이브는 카이론의 본질을 어느 정도 인정하고 있었다.

"아닙니다. 무언가 할 말이 있으신가 보군요."

"음."

"그렇다면 이쪽으로……."

카이론이 이브를 안내한 곳은 따로 마련되어 있는 테이블이었다.

"그대는 단체의 대장인가?"

"그렇습니다. 트레저 헌터들을 이끌고 있지요. 그리 크지는 않습니다만 정식 길드입니다."

카이론은 보석 같은 이브의 눈동자를 바라보다가 입을 떼었다.

"제 도움이 필요하십니까?"

이브는 고개를 끄덕였다.

"사정을 설명해 주실 수 있겠습니까?"

이브는 눈을 감았다.

생각해 놓은 것이 있었다.

오랫동안 봉인되어 있었지만 그래도 지온보다는 확실히 이 세계의 순리에 대해서 더욱 잘 알고 있는 이브였다.

그녀가 봉인되어 있던 동안 할 수 있는 일이라고는 던전에 귀를 기울이는 것. 가끔씩 던전에 찾아오는 무리에게서 얻은 정보는 생각보다 많은 양이었다.

"나는 타나토스를 모시는 신관이다."

"파괴의 신 타나토스··· 흑신관이셨군요."

신성교단과 대립 상태인 타나토스 교단의 사제, 수녀들은 모두 흑신관으로 지칭되었다. 백여 년 전 있었던 종교전쟁 이래로 팽팽한 긴장감을 유지하고 있는 상태였다. 대외적으로 드러나 있는 신성교단과는 다르게 타나토스 교단은 폐쇄성이 짙었다.

신성왕국과 깊은 수교를 한 제국과 그 연방 쪽에서는 타나토스 교단을 이단이라 치부하고 잡아들이는 형국이었다. 그도 그럴 것이, 타나토스 교단의 제일 첫 번째 교리가 바로 파괴와 재창조. 세상을 태초의 상태로 돌려서 완전한 세상을 만든다는 것이었다.

고대로부터 전해지는 강력한 마법력을 지닌 그들은 대륙인들에게 있어서 두려움의 존재였다.

이 모소코 마을은 신성교단의 세력권에 속해 있었기에 카이론은 조심스럽게 말하기 시작했다.

"흑신관께서 카에론 왕국의 변방 마르난드 지방까지 오시다니······."

"나는 금기를 어겼다는 이유로 파문당했다. 더 이상 그쪽에 있을 수는 없었지. 너희들은 모르고 있겠지만 그 던전은 일종의 성소 같은 곳이다."

"성소라……. 그래서 저에게 신성교단 측에서 의뢰를 했던 것이군요. 표면상으로는 고고학적인 의미라 했지만 말입니다. 저는 그곳이 대마수가 봉인된 장소라 추측하고 있었습니다만……."

카이론의 학식은 대단했다. 고고학뿐만 아니라 각종 신화와 마법 이론까지 섭렵한 그였다. 아쉽게도 그의 심장은 마법을 다루기에 적합하지 않았기에 단지 이론만 알 뿐이었다.

'지온 역시 그쪽 사람인가?'

지온의 몸에 있던 처음 보는 문양이 생각났다. 타나토스 교단의 세력들은 자신의 몸에 신성한 문자를 새겨 넣는 풍습이 있다는 것을 잘 알고 있는 카이론이었다.

카이론은 그 신성한 문자라는 것이 일반 사람이 보기에는 화려한 그림처럼 보인다는 것이 신기해 유심히 읽었던 기억이 났다. 하지만 그 이상으로 깊이 탐독한 적은 없었다.

카이론의 오해가 깊어질 때쯤 잠시 침묵을 지키고 있던 이브가 입을 뗐다.

"대마수라……. 나도 언급하기 힘든 부분이다."

"이해합니다.

이브는 눈을 살짝 감았다 떴다.

"절망감에 나는 그곳에서 목숨을 끊으려 했다. 그곳에서 목숨을 끊는 것이 어쩌면 제일 좋은 방법인지도 모른다고 생각했다. 하지만 그럴 수 없었지. 지온이 나를 구해주었기 때문이다."

카이론은 고개를 끄덕였다. 그것은 대충 지온에게 들어서 알고 있는 사실이다.

"그렇다면 그 금기란 것이……."

"나는 지온과 영혼의 결합을 하였다. 그것으로 설명은 충분하겠지?"

"아……!"

영혼의 결합.

마나의 의지를 잇는 자들에게는 본래 더 고차원적인 것이었지만 대부분은 결혼의 의미로 쓰였다. 마법사들은 육체적 순결함도 중요시하지만 영혼의 순결함을 제일 상위 개념으로 올려놓았다.

그렇기에 영혼의 결합이 의미하는 바는 일반 사람에게나 마법사에게나 매우 커다란 의미였다. 성관계를 맺더라도 영혼의 결합을 하지 않으면 문제없다는 관념을 가진 사람들도 상당수 존재했다. 대부분 오래된 전통을 타파하고자 일어난 대륙의 각 젊은 귀족들이었다. 덕분에 지금 사교계의 젊은 귀족들이 상당히 문란하다는 것은 여담이다.

카이론은 긴 숨을 내쉬었다. 그녀가 처한 상황이 이해가 되었기 때문이다. 신관으로서는 분명 파문당해도 할 말이 없는 금기다.

가장 순수해야 할 신관이 이성과 정을 나누는 것이니 말이다.

'사랑인가? 지온도 제법이군.'

마스터급 검사와 신관의 사랑의 도피라……. 제법 낭만적이지 않은가?

카이론은 끝까지 지온을 도와줄 것을 결심했다. 어렸을 때 읽은 로맨스 소설의 이야기가 생각나기도 했다. 그 끝은 늘 해피엔딩이었다. 지온과 이브도 그렇게 되기를 바랐다.

그은 은근히 낭만을 추구하는 로맨티스트였다.

"그렇다면 이쪽에서 살아가실 수 있는 적당한 신분이 필요한 것이로군요. 지온도 마찬가지이고 말입니다."

"과연 한 단체의 수장답게 이해가 빠르군."

카이론은 부드럽게 웃으며 자리에서 일어났다.

"지온에게는 목숨의 빚이 있습니다. 그 정도는 물론 도와드려야지요. 일단 이곳에서 지내시고 내일 우리 길드 소속으로 신분증을 발급해 드리겠습니다."

"그대의 호의에 감사한다."

"별말씀을, 레이디."

레이디란 말에 두 눈을 깜빡이는 이브였다. 그 모습이 상당히 귀여워 훈훈한 미소를 짓는 카이론이다.

"지온에게 가보셔야 할 것 같군요. 많이 마시고 있는 모양입니다."

"음. 바보 같은 녀석."

"하하하!"

즐겁게 맥주잔을 들고 있는 지온을 바라보던 이브는 조그마한 미소를 짓고 말았다.

지온은 맥주를 마시며 트레저 헌터들과 어울리면서도 그들의 말에 귀를 기울이는 것을 소홀히 하지 않았다. 술자리긴 하지만 이 세상을 잘 모르는 지온에게 있어서 그들의 말 하나하나가 모두 정보였다.

'왕국이라……. 왕이 있고 귀족이 있는 신분 사회로군.'

왕국마다 계급적 특색이 있는 것 같으니 조금 더 알아볼 필요성을 느꼈다.

자신들을 진정한 사나이라고 주장하는 이들의 주된 관심사는 역시 여자였다. 어느 왕국의 공주가 그렇게 예쁘다느니 최고라느니 하는 소리만 해대고 있었다.

한국으로 따지면 아이돌 스타의 인기 못지않았다. 움직이는 그림을 공중에 띄워주는 영상석을 가지고 있는 이들도 꽤나 많았는데, 모두 자기가 좋아하는 왕국의 미녀들을 넣고 다녔다.

안타깝게도 그들 모두 애인은 없었다.

'내가 변한 건가?'

이런 상황에서도 침착하게 정보를 모으고 있는 자신에게

살짝 놀란 지온이었다. 그의 예전 성격은 오히려 바록 쪽에 가까웠다.

성격이 변한다는 것은 그다지 유쾌한 일이 아니었지만 좋은 쪽으로 변했으니 좋게 생각하기로 했다.

"지쳐 보이는군요, 지온."

"아, 제이란. 지금 오신 거예요?"

"네. 우리 길드에서는 서류 작업을 할 만한 인간들이 없거든요."

제이란은 그렇게 말하며 지온의 옆에 앉았다. 그리고 테이블에 있는 맥주잔을 들더니 지온에게 내밀었다.

지온이 가볍게 맥주잔을 부딪치자 제이란은 벌컥벌컥 마시기 시작했다.

"크으! 역시 이곳의 생맥주가 최고로군요."

"하하, 저도 이렇게 맛있는 맥주는 처음 마셔봅니다."

"그렇습니까? 그건 그렇고, 지온님, 상당히 궁금하신 것이 많은 것 같은데요?"

제이란이 그렇게 묻자 지온은 잠시 그를 바라보다 웃어 보였다.

"하하, 아무래도 트레저 헌터 분들이시니 보물이나 그런 것들에 대해서 듣고 싶어서요."

"위험한 던전과 숨겨진 보물, 우리의 주된 목표지요. 이제는 그것보다 여자를 더 밝히는 것 같지만……."

"여자도 보물이기는 하잖아요?"

"하하, 맞는 말입니다. 그러고 보면 지온님은 이미 귀환 보물을 얻으신 거네요."

제이란은 그렇게 말하며 지온의 어깨를 툭 쳤다.

"네?"

지온으로서는 이해할 수 없는 말이었다. 제이란은 살짝 웃으며 말을 잇기 시작했다.

"대장님께 사정 다 들었습니다. 아무튼 도움이 필요하면 말씀하세요. 뭐, 새집을 구한다든지 세금에 관한 거라든지 어떤 것이든지요."

제이란은 지온을 자세히 들여다보았다. 취기가 올라오고 있는지 얼굴이 달아올라 있음에도 눈빛은 또렷했다. 주위를 경계하는 모습도 보이고 있어서 역시 마스터급이라는 인상을 받았다.

'어디에서 본 듯한 인상인데… 저 보기 드문 선명한 푸른 머리는……'

제이란은 피식 웃으며 고개를 저었다.

'착각인가? 아마 귀족 혈통이라 그런 거겠지.'

닮은 사람은 한둘이 아니었기 때문이다. 더군다나 귀족의 경우에는 대체적으로 외모가 화려하니 말이다. 지온은 그들 중에서도 최상위라 할 수 있어 절대로 평민으로 보이지 않았다.

제이란은 단숨에 맥주잔을 비우고 지온을 바라보며 입을 떼었다.

"이 마을에도 저희 길드의 지부가 있으니 그쪽 열람실을 이용하시면 고급 정보는 무리더라도 그럭저럭 쓸 만한 정보를 얻을 수 있으실 겁니다."

"고마워요, 제이란."

지온이 맥주잔을 내려놓으려고 할 때 누군가 뒤에서 지온의 어깨를 잡았다.

"지온! 여기서 쉬고 있는 거냐!"

"바록?"

"자, 자! 어서 마시자고! 하하하!"

지온은 유쾌하게 웃고는 조금씩 진정으로 그들과 어울리기 시작했다.

지온의 몸이 달아오르고, 살짝 얼굴이 붉어졌다. 술이 취하기는 했지만 일정 이상을 결코 넘지는 않았다. 몸 안에 잠들어 있는 거대한 마력이 신체를 적당한 수준으로 유지시켜 주고 있었기 때문이다.

마력이라는 것을 느껴본 적도, 다룰 수도 없는 지온이었지만 마력은 소리없이 여러모로 많은 도움을 주고 있었다.

"기분은 좋구나."

그런 것을 모르는 지온은 갑자기 술이 세진 자신의 상태에 의아해했다. 마력에 대한 것은 생각하지도 못하고 그저 육체가 바뀌면서 특이체질이 된 거라고 생각했다.

결국 술자리에서 끝까지 살아남은 지온은 카이론이 알려준 방으로 걸어 들어올 수 있었다.

"카이론 대장님에게 너무 폐가 되는데……."

"네가 그들의 목숨을 구해주었다고 하지 않았나? 이 정도의 성의는 받아주는 것이 좋다."

"뭐, 괜찮겠지. 근데……."

침대에 앉아 있는 이브는 왜 그러냐는 듯 지온을 바라보았다. 가장 좋은 방을 얻었지만 이브와 지온이 같이 방을 쓰게 되었다. 카이론의 배려로 인해 생긴 일이었다.

"어째서 한 방을 같이 쓰는 건데?"

"그게 이상한 건가?"

"이상한 건 아닌데, 남녀가 같이 방을 쓰면……."

이 세계는 그런 관념이 없는 걸까?

지온은 그렇게 생각하며 말끝을 흐렸다. 이브는 푹신한 침대가 마음에 든 눈치였다. 연신 침대를 쓰다듬다가 만족스러운 표정을 지었다.

"침대가 커서 불편하지는 않을 것 같군."

지온은 살짝 한숨을 쉬었다. 밤늦게까지 술을 마신 탓에 지금 가서 방을 더 달라고는 할 수 없었다. 예의도 아닌 것 같고 모두 자고 있을 것이 뻔했기 때문이다.

"이브, 근데 그 옷은?"

"카이론 대장이 주었다."

평복으로 보이지만 이브가 입자 귀품이 저절로 흘렀다. 살짝 가슴이 파여 있는 복장이었는데, 신관복을 입었을 때와는 다른 분위기를 연출해 내고 있었다.

'역시 사람은 얼굴이 예뻐야 하는 건가?'

옷이 날개라지만, 지금의 상황은 날개가 가장 못나 보일 지경이었다.

"지온, 앞으로 어떡할 건가?"

"타나토스의 권능을 모아야겠지. 그것이 우리의 주목표잖아?"

"하지만 이 상태로는 힘들다는 것을 알 텐데? 그것이 어떤 형태로 어디에 존재하는지 우리는 아무것도 모르고 있다. 게다가 힘마저 제대로 발휘할 수 없는 상황이지."

이브의 말에 지온은 고개를 끄덕였다. 지온과 이브의 무력은 그렇게 강하다고 표현할 수는 없었다.

마력이 부족한 이브가 펼칠 수 있는 마법에는 한계가 분명 존재했고, 지온은 지금 타나토스의 권능에 의해 변형된 물건들에 의지하고 있는 형편이었다.

게다가 언제 찾아올지 모르는 휴식의 종말까지 안고 있으니 결코 좋은 상황이라고는 할 수 없었다.

지온은 손전등을 꺼내 테이블 위에 올려놓았다.

"일단 이것의 배터리를 구했으면 좋겠어."

"에너지를 말하는 건가?"

"응. 지금 내가 가진 유일한 무기는 이것밖에 없는데, 이대로 가다간 더 이상 쓰지 못할 거야."

지온은 그것이 불안했다. 이브는 손전등을 들더니 끝 부분을 돌려 빼보았다. 건전지가 빠져나오자 이브는 그것을 손에 들었다.

"신기한 돌이로군."

"건전지라고 하는 거야. 그 라이트 세이버의 에너지원이라고 보면 돼."

"마치 마정석 같군. 나도 처음 보는 기운을 지니고 있다. 뇌전의 속성이긴 한데 너무 인위적이고 약해."

건전지가 들어가 있는 부분을 자세히 바라보았다. 예전에 보았을 때와는 안의 구조가 좀 더 복잡해진 것처럼 보였다.

타나토스의 권능이 깃들면서 재구성된 물건들은 외형뿐만 아니라 그 구조도 상당 부분 변한 것이다.

이브는 꼼꼼하게 살펴보다가 고개를 끄덕이며 입을 떼었다.

"아무래도 라이트 세이버는 마정석을 에너지원으로 쓸 수 있을 것 같다."

"마정석이라는 걸 구할 수 있을까?"

"봉인되어 있는 세월이 너무나도 길었다. 정보가 부족해."

"내일 알아보도록 하자. 그리고 타나토스의 권능에 관한 정보도 모아야겠지."

지온의 말에 이브는 고개를 끄덕였다. 지온은 가방에 든 물건들을 꺼내보기로 했다. 원래 이것저것 잡다한 걸 많이 챙겨왔지만 가방에 들어 있는 물건은 얼마 되지 않았다.

"핸드폰이랑 수건, 물병, 구급상자… 지갑은 없어졌는데 동전 두 개가 있네."

"음, 모두 제각기 신비한 기운이 서려 있군."

회색으로 변한 수건을 만져 보아도 아무런 현상도 발휘되지 않았다. 잠시 고민하던 지온은 수건으로 몸을 닦는 시늉을 해보았다.

"응?"

손에서 수건이 갑작스럽게 사라졌다.

"지온, 네 옷을 봐라."

"어라?"

지온이 입고 있던 등산복이 다른 형태로 변모했다. 변했다기보다도 그냥 긴 천을 하나 덮고 있는 모양이었다. 잠시 그것을 바라보던 이브는 지온의 옷에 손을 대었다.

"지온, 제어권을 넘겨라."

"제어권을? 어떻게?"

"그냥 내게 모든 걸 맡긴다고 생각하면 돼."

너무나 추상적인 개념이었지만 영혼 결합을 경험한 지온

이었기에 잠시 인상을 쓰며 집중하자 순조롭게 이브에게 제어권을 넘길 수 있었다.

꾸물— 꾸물—

"역시……."

액체처럼 꾸물거리던 천이 이브의 의지에 따라 옷 형태로 변모하기 시작했다.

수건은 등산복과 합쳐져 검은 빛의 옷으로 변했다. 부분 갑옷이 있는 신비스러운 형태의 옷이었는데 마치 어떤 일정한 양식을 따라 제작된 제복 같은 느낌도 들었다.

지온이 그 옷을 입은 모습을 보고 이브의 눈빛이 살짝 흔들렸다.

"잘… 어울리는군."

"그래? 수건의 능력은 옷 형태를 바꾸는 것이었구나. 재질도 바꿀 수 있나 봐."

질겨 보이는 부분 갑옷을 만져 보던 지온이 그렇게 말했다.

"하지만 네 몸 한정으로 바뀌는 모양이군. 너의 정신 파장과 동조하는 모양이다."

"그럼 다른 사람이 사용할 수 없다는 말이야?"

"음, 라이트 세이버라는 것도 그러한 걸로 보인다. 나조차도 네가 제어권을 넘기지 않으면 컨트롤할 수 없으니 말이야."

영혼의 결합으로 인해 그 누구보다도 밀접하게 이어져 있는 이브라도 그러하니 다른 사람이 사용한다는 것은 불가능할 것이다.

"유용한 수건이로군. 네 옷의 방어력을 살리면서도 옷의 형태를 마음대로 변형할 수 있는 것은 대단한 신비이다."

"응, 굉장한 것 같아."

손에 끼어져 있는 장갑도 타이트하게 잘 조여져 있어 움직이기에 매우 편했다.

물병은 물이 아주 많이 들어가는 것 같았다. 하지만 동전의 용도는 알아낼 수 없었다.

"천천히 알아보면 되겠지."

오백 원짜리 크기인 동전은 대한민국에서 발행하는 동전에서 변형된 형태였다. 양각이 사라지고 밋밋한 은빛 표면만 남은 상태였다. 행운의 동전 같은 것일 수도 있으니 일단 안주머니에 넣어놓았다.

잠시 지온을 바라보던 이브는 침대에서 일어나며 입을 떼었다.

"몸을 씻어야겠어. 마력을 무리하게 쓰는 것보다도 그 편이 낫겠지."

"응?"

"왜 그러지?"

"아니, 그게……."

이브는 지온을 바라보다가 고개를 끄덕이더니 입을 떼었다.

"너도 욕실을 사용하려 했나 보군. 그렇다면 같이 씻으면 되겠지."

"무, 무슨 소리를 하는 거야!"

"왜 그러지? 어차피 볼 것은 다 보지 않았나. 지금 생각해 보니 나는 보지 못했군. 그건 반칙이야."

지온이 그대로 석화가 되는 것을 본 이브는 피식 웃었다.

"순진하군, 지온."

"너 일부로……."

"나도 인간의 상식쯤은 알고 있다."

멍한 지온의 표정을 감상하던 이브는 욕실로 들어가 버렸다. 옷을 벗는 소리와 물소리가 들리자 지온은 정신을 되찾을 수 있었다.

괜히 더워져 손으로 부채질을 하던 지온은 긴 한숨을 내쉬었다.

"후우, 나도 모르겠다."

지온은 겉옷을 벗고 침대에 몸을 던졌다.

'아, 침대는 하나지. 그럼 내가 소파에서…….'

일어나려는 의지와는 다르게 점점 눈꺼풀이 닫혔다.

'일어나야 하는데…….'

지금은 아무것도 생각하고 싶지 않았다. 복잡한 일도, 힘든 일도 잔뜩 있을 테니 마음을 비우고 휴식을 취하고 싶었다.

푹신한 침대에서 금세 잠이 들어버렸다.

*　　　*　　　*

지온이 눈을 떴을 때는 막 날이 밝아오는 새벽이었다. 바로 옆에 이브가 자고 있어 당황한 지온이었지만 왜인지 피식 웃어버렸다.

딱딱하고 그다지 귀염성이 없는 이브가 곤히 자고 있는 모습은 꽤나 신선했다. 바로 옆에 있는 이브와 무언가 연결되어 있다는 느낌이 강하게 들었다.

그녀의 아름다운 모습은 한동안 지온의 시선을 묶어놓았다. 두근거리기 시작한 마음을 억누르며 이불을 잘 덮어주고 욕실로 들어갔다.

욕실 안에는 거울이 걸려 있었다.

'이게 나라고?'

자신의 몸이 아닌 것은 알고 있었지만 거울을 보니 더 실감이 나기 시작했다. 우락부락하게 생긴 자신의 얼굴과는 대조적으로 중성적인 이미지가 강한 잘생긴 미소년이 눈앞에 서 있는 것이다.

"좋다고 봐도 되는 건가?"

못난 육체라도 자신의 육체가 바뀐 것은 결코 좋다고 볼 수는 없을 것이다.

"나는 정말 내가 맞는 걸까?"

자신을 증명할 길이 없어진 것 같았다.

성격, 몸마저 변했으니 그것을 자신이라 칭할 수 있을까?

"그래도 나는 나야. 지구에서 온 대한민국의… 사나이라고!"

살짝 답답해지는 가슴을 풀려 한숨을 내쉰 지온은 옷을 벗었다. 어깨부터 가슴까지 그려져 있는 화려한 문양이 눈에 들어왔다.

'용의 흉터라…….'

흉한 느낌이 전혀 들지 않는 아름다운 예술 작품 같았다. 하지만 이브는 이것을 흉터라 지칭했다. 분명 그녀의 입장에서는 전혀 기쁘지 않은, 그런 많은 역사가 담겨진 문양일 것이다.

지온은 씻고 나오자 카이론이 준비해 준 옷이 보였다. 그 옆에 자신이 벗어놓은 등산복이 있었다.

등산복은 새것처럼 깔끔했는데 마치 마법이라도 걸려 있는 것 같았다.

"마법은 마법이겠지."

카이론이 마련해 준 옷을 입고 그 위에 변형된 등산복을 입었다. 지온은 이것을 방어복이라 통칭하기로 했다.

방어복을 입는 것만으로도 마음이 든든해졌다. 누구도 쉽게 자신을 해칠 수 없을 것이 분명했으니 말이다.

방어복 허리춤에 생성된 검대에 라이트 세이버를 찔러 넣고 이브가 깨지 않게 주의하며 밖으로 나왔다.

"상쾌하군."

공기가 무척이나 깨끗했다. 지구에서는 좀처럼 느낄 수 없는 상쾌함이었다.

이른 아침인데도 바쁘게 오가는 사람들이 보였다. 지온은 무언가 마을에 일이 있는 것 같은 느낌을 강하게 받았다.

그런 와중에서도 지온의 모습은 시선을 끌 만했다. 곱상한 외모는 이런 마을에서는 좀처럼 접할 수 없는 것이었기 때문이다.

고급스러워 보이는 검은 천으로 짠 복장은 고위 기사의 제복과도 비슷한 분위기를 연출해 내고 있었다. 더군다나 귀족을 연상시키는 생김새 때문에 접근하는 사람은 없었다.

"어쩜 저리 멋질까?"

"어려 보이는데 귀족일까?"

"아아……!"

특히나 여인들의 시선은 대단했다. 피부가 찔리는 느낌이 들 정도다. 시선이 부담스러워진 지온은 빠른 걸음으로 자리를 떴다.

일단 지온은 트레저 힌디 지부에 가볼 생각이있다.

'배터리 문제와 타나토스의 권능이 있는 곳.'

두 가지를 알아봐야 했다. 육체에 남아 있는 영상들의 영양인지 글을 읽는 것에는 전혀 문제가 없었다. 그것뿐만 아니라 처음 접하는 다른 언어도 떠올랐다.

불시에 떠올랐던 영상들은 이제는 잘 나타나지 않게 되었다. 지온은 자신이 어떤 키워드에 닿으면 영상이 나타나는 것 같은 느낌을 받았다.

그렇다는 것은 영상을 떠올리기 위해서라도 많은 정보를 접해야 할 필요가 있었다.

그런 생각을 하며 지부를 찾아가던 그가 문득 걸음을 멈췄다.

'기사인가?'

멀리서 중갑옷을 입고 있는 기사 두 명이 지나가는 것이 보였다. 현대적인 시각을 가지고 있는 지온이 보기에도 조잡하지 않고 제법 실용성이 있어 보이는 모습이었다.

중세시대 갑옷은 대체적으로 무거워 보이게 마련이지만 이곳의 갑옷은 인체에 잘 맞게 설계되어 있었다.

기사들은 곧 시야에서 사라졌고, 지온은 다시 움직였다.

"제이란이 대충 알려주기는 했는데 역시 잘 모르겠네."

지온은 잘 닦여진 길을 따라 걸었다. 큰 길로 쭉 간 다음 분수대가 있는 곳 근처라고 들은 기억이 났다.

"멋지다."

나무와 벽돌로 지어진 집들은 동화 속 풍경을 연상시켰다. 마법이 발달하여 독특한 형태의 건축 양식이 발달한 것이 지온에게는 마냥 신기하기만 했다.

막 분수대에 도달해 주위를 맴도는데 익숙한 사람을 발견했다.

"제이란!"

"아! 지온님, 좋은 아침입니다. 오, 상당히 멋지군요. 과연……."

제이란은 지온의 복장이 무척이나 잘 어울린다고 생각했다. 칙칙해 보이는 검은 빛이었지만 푸른 머리와 뛰어난 지온의 용모는 그것과 조화를 이루어 굉장히 품격 있어 보였기 때문이다.

"그런가요? 근데 바빠 보이시네요?"

"이 주변에 불미스러운 일이 일어나서 높으신 분들이 오신다는군요. 뭐, 쓸데없는 발걸음일 테지만."

"그렇습니까?"

지온은 자세한 이야기를 묻지는 않았다.

불미스러운 일이라는 것에 호기심이 들었지만 제이란도 바빠 보이니 그저 머리를 끄덕일 뿐이었다.

제이란은 서류로 보이는 것을 손에 잔뜩 들고 살짝 피곤한 기색을 보이고 있었다.

지온이 보기엔 제이란은 전투 능력은 물론이고 사무 처리도 대단한, 그야말로 만능 비서 같은 이미지였다.

그런 제이란이 저 정도로 신경을 쓰는 일이라니, 분명 머리가 아픈 일이 틀림없었다.

"일은 해결하라고 있는 것이니까 잘 해결될 것입니다. 지온님께서는 신경 쓰지 않으셔도 됩니다."

살짝 고개를 끄덕이는 지온을 제이란은 차분한 눈으로 바라보았다.

솔직히 말하면 그의 전투 능력은 탐이 나는 것이었다. 분명 길드에 막대한 도움을 줄 수 있을 것이다.

마스터급의 검사도 존귀한 존재였는데, 그런 굉장한 오러를 뿜어내는 검사라면 그 가치는 어마어마할 것이다.

그것뿐만 아니라 트롤과 일대일로 싸워 살아남은 검사는 그렇게 많지 않았다. 마스터급이라고 해도 자칫 잘못하면 당해 버릴 수 있는 존재가 바로 트롤이었다.

'아쉽군.'

그가 판단한 지온은 결코 어떤 이익에 따라 움직이는 존재가 아니었다.

'아마 그녀 때문이겠지.'

제이란은 지온을 반려인 이브를 위해서 검을 휘두르는 낭만적인 검사라고 생각했다.

그렇기 때문에 아쉽지만 교섭의 여지는 없다고 봐도 무방했다. 지금은 인맥을 철저히 닦아놓는 것이 중요하다고 판단한 것이다.

'어린 나이라서 그런가? 아내를 극진히 생각하는군. 하긴 그 정도 되는 여자라면……'

제이란은 피식 웃으며 지온과 이브의 관계를 불같은 사랑
이라 정의했다. 지온은 그런 제이란이 피곤해서 정신을 슬슬
놓고 있다고 판단했다.

제이란이 정신이 있을 때 빨리 물어봐야겠다고 생각한 지
온은 다급히 입을 떼었다.

"제이란, 지금 열람실을 이용해도 될까요?"

"예. 아, 잠시만요."

제이란이 품에서 정사각형 모양의 길드 인장 두 개를 꺼내
서 지온에게 건넸다. 가벼운 철과 비슷한 재질로 만들어진 것
이었는데 신용카드나 신분증 같은 것보다는 조금 더 무겁고,
화려한 길드 마크가 새겨져 있었다.

"웬만한 신분 증명은 그걸로 될 겁니다."

"아, 감사합니다."

일단 주는 것이니 받는 지온이다. 신분에 관한 것도 필요하
다고 생각하고 있어서 마침 잘되었다고 생각했다.

거리를 분주하게 오가며 깨끗하게 청소하는 마을 사람들
을 바라보다가 지온은 제이란의 알려준 대로 길드 지부 안으
로 들어갔다. 이 층짜리 규모의 건물이었는데, 생각보다 훨씬
깔끔하게 지어져 있었다.

'카이론 대장님이 이끄는 길드, 제법 규모가 큰가 보군.'

마을 사람들에게 개방되어 있어 트레저 헌터들과 담소를
나누고 있는 마을 사람들도 있었다. 벽에는 보물이나 몬스터

에 관한 포스터가 붙어 있었고, 식사를 할 수 있는 장소와 그 밖에 테이블도 구비되어 있었다.

"마스터 지온님이시군요. 이거 대단한 영광입니다."

"예, 제 이름이 지온이 맞습니다. 그, 열람실을 이용해도 될까요?"

마스터라는 것이 무엇인지 모르는 지온은 그저 이름이 맞다고 대답했다. 굳이 물어서 의아함을 살 필요가 없다고 생각했기 때문이다.

"얼마든지 가능합니다. 이 층으로 올라가시면 바로 앞에 있습니다. 본래는 시간 제한이 있는데 그런 건 상관하지 마시고 이용하셔도 됩니다."

이 층에 올라가자 바로 열람실이 보였다. 주로 트레저 헌터들이 모아온 정보를 공개하는 곳이었는데, 연관되어 있는 사건이나 장소들도 꽤나 있고 학문적으로도 도움이 되는 자료들이 많아서 학자들도 많이 방문하는 공간이었다.

독특한 냄새가 가득했다. 종이 냄새 같기도 한데, 그렇게 나쁜 냄새는 아니었다.

"어디 보자……."

지온은 필요한 책 이외에 여러 책을 더 꺼내 가까운 테이블 위에 올려놓았다. 전혀 다른 글자로 된 책도 많았는데 지온은 자신이 읽을 수 있다는 것에 살짝 감탄했다.

"마룡 신화……."

타나토스와 용들, 그리고 인간의 전쟁. 그것에 대해 간단한 삽화와 함께 간략하게 적혀 있는 책이었다. 흥미로운 점은 타나토스가 위대한 인간의 왕에게 패하고 대륙 각지에 그 권능을 쪼개 봉인했다는 말이었다.

쪼개진 권능 중 하나가 자신을 이계로 불러오고 경악할 만한 신비스러운 권능을 행사했다. 분명 권능에 닿으면 집으로 돌아가는 정도의 소원은 이루어질 수 있을 것이다.

'이거로군.'

쪼개진 권능은 밤하늘을 낮처럼 밝히다가 대륙 각지로 떨어져 그 위에 나라의 수도를 세웠다는 것이 고대 문명의 시작이었다.

타나토스의 오른팔, 신을 먹은 대마수.

금기된 마룡.

'이브인가?'

이브는 자신을 용이라 칭하는 것을 극히 싫어했다. 그쪽의 존재들과 무슨 일이 있었던 모양인데 지온은 물을 수 없었다. 그녀가 지닌 과거의 상처를 건드리는 꼴이 될 수도 있었기 때문이다.

'신을 먹었다…….'

이브의 신화도 상당히 많았는데 그것 중 하나가 바로 신을 먹었다는 대목이었다. 스스로 가장 아름다웠던 모습을 버리고 정령의 신을 먹어 검게 타락했다는 전설.

타나토스의 가장 가까운 측근인 그녀의 무력은 단신으로 용들을 압도할 만큼 대단했다고 적혀 있었다.

삽화로 그려진 그녀의 모습은 흉측하기 그지없었다. 일그러진 얼굴과 검은 안개 같은 몸을 지니고 날카로운 이빨로 용들을 찢고 있었다.

'이브는 이렇게 생기지 않았는데 말이야.'

지온이 그녀를 보아온 모든 생물체 중 가장 아름답다고 생각했다.

'승리자는 패배자의 모습을 이런 식으로 바꾸게 마련이니 이해는 간다만……'

이 삽화를 그린 자를 몇 대 때려주고 싶은 생각이 든 지온이다.

'더 이상 관련된 이야기는 없군.'

그 이상 자세한 내용은 나와 있지 않았다. 지온은 다른 책들을 뒤지다가 각 왕국과 도시에 대해 설명해 놓은 책을 펼쳤다.

제국과 신성왕국이 북방에 위치해 있고, 험난한 산맥을 경계로 남방에는 왕국들과 여러 소규모 도시국가들이 들어서 있는 형태였다.

어떤 복잡한 이해관계에 걸쳐져 대립하고 있다는 설명은 잘 눈에 들어오지 않았다. 일단 눈으로 국가들의 분포를 대충 기억해 놓았다.

타나토스의 권능을 수집하려면 아마 대륙을 전부 돌아봐야 할 수도 있었다.

"드워프들의 도시?"

도시국가 중에는 인간과는 다른 종족으로 구성되어 있는 국가들도 있었다. 대표적인 것이 드워프나 엘프였다. 정확히 위치가 표시되어 있지 않은 엘프와는 달리 드워프는 도시명까지 제대로 표시되어 있었다.

"철의 도시 메로칸."

장인 기술이 어느 곳보다 정점에 달해 있다고 쓰여 있어 지온은 한차례 머리를 끄덕였다. 그 정도 기술력이라면 배터리 문제도 어떻게든 해결할 수 있지 않을까?

띠딕―

주머니에 넣어둔 스마트폰에서 기계음이 울렸다. 핸드폰을 꺼내보니 저절로 켜진 화면에 글씨가 떴다.

업데이트.

잠시 깜빡거리던 글씨가 사라지자 화면에 새로운 어플 하나가 추가되었다.

"지도?"

지도 아이콘을 누르자 방금 전 지온이 가려고 했던 철의 도시 메로칸 근방의 지도가 펼쳐졌다. 몇 번 책과 비교를 해보자 그 지도의 정확성은 상당했다.

'문제는 이것도 마찬가지로 배터리가 닳는다는 거겠지. 닳는 속도가 느려 보이니 당분간은 사용할 수 있을 거야.'

라이트 세이버의 배터리를 보충할 때 같이 알아보면 좋을 것 같았다.

"일단 이곳으로 가는 것이 좋겠어."

정보를 얻으러 왔는데 시작이 좋다. 순조롭게 풀리는 느낌에 지온을 미소를 지으며 스마트폰의 전원을 끄려 했다.

그때 다른 업데이트된 어플들이 눈에 들어왔다.

'마법?'

마법이라는 어플도 생겨 있었다. 확인 차 그것을 눌러보았지만 카메라만 작동되고 아무런 반응이 없었다.

이브가 쓰는 것과 같은 마법을 기대했던 지온의 얼굴에 실망감이 감돌았다. 사용 설명서라도 있으면 편할 텐데 말이다.

"일단 넣어두자."

전원을 끄고 주머니에 잘 넣어둔 지온은 다른 책들도 차분하게 읽어나갔다. 제일 중요한 것은 급한 대로 해결했으니 이곳의 정보를 모을 작정이었다.

'다양한 종족이 살고 있는 세계.'

인간뿐만 아니라 다른 종족들 역시 이 거대한 대륙에 살고 있었다.

이 대륙의 크기는 지구보다 더욱 거대한 것 같았다. 이런 대륙을 돌아다닌다는 것은 분명 쉽지 않을 것이다.

'쉽게 풀릴 일은 아니니 말이야.'

지온은 짧은 한숨을 내쉬었다.

누구나 탐내는 권능을 모으고 집으로 가는 것. 분명 쉽지 않을 것이다. 이 라이트 세이버로 누군가를 죽여야 할 때가 올지도 모른다. 자신을 지키려면, 또 자신의 목표를 이루기 위해서 말이다.

'이런 계급사회에서는 힘이 없는 약자는 늘 당하지.'

평민이 있고 귀족, 왕족이 있는 곳이다. 대부분의 나라가 그러했다. 대륙의 영향력을 행사하고 있는 나라의 대부분은 확실한 계급 체계가 존재했다. 몇몇 나라에서는 노예도 정식으로 인정하고 있었는데 분명 그들에게 인권이란 존재하지 않을 것이다.

지구에서의 인권을 생각한다면 분명 오산이었다.

"타나토스가 이끄는 마수들과의 전쟁에서 용족들은 인간들에게 희망을 걸어 승리했다고 했나?"

그래서 탄생한 세계가 바로 지금의 대륙이었다. 인간이 대륙을 주도하는 세상.

하지만 인간들이 숭고한 이상을 쟁취하여 이겼어도 약자는 늘 존재하게 마련이다. 그리고 그로 인한 차별과 계급은 계속 탄생하였다.

그것은 지구에서도 그랬고 이곳에서는 더욱 그러했다.

완벽한 평화란 꿈속의 단어였다.

"너무 비관적인가?"

라이트 세이버를 한차례 쓰다듬은 지온은 고개를 끄덕이며 입술을 굳게 다물었다.

기초 지식을 쌓으려 여러 책을 더 들여다보던 지온은 문득 자신의 기억력이 비약적으로 오른 것을 느꼈다.

"머리가 좋아진 건가?"

기억력뿐만 아니라 이해력도 빨라져서 예전이라면 쉽게 받아들일 수 없는 부분도 술술 이해가 갔다.

"이 정도라면 좋은 대학은 문제없을 텐데……."

그것도 지구에 있어야 말이 되는 이야기이기는 했다. 지구로 돌아간다면 엄친아로 불릴 수 있지 않을까? 얼굴도 잘생기고 머리도 좋으니 말이다.

"돌아갈 수 있다면 말이지."

지온은 피식 웃고는 책을 덮었다. 시간이 훌쩍 지나 있음을 느꼈다.

"여기 있었군, 지온. 그래, 원하는 것은 찾았나?"

강인한 느낌의 목소리가 들려왔다. 카이론 대장이었다.

"예. 덕분에."

지온은 고개를 들어 문 옆에 등을 기대고 있는 카이론 대장을 바라보았다. 살짝 웃는 낯으로 가죽 물주머니를 흔들고 있었다.

"보아하니 아침을 먹지 않은 모양이더군. 이거라도 마시게."

"아, 감사합니다."

카이론이 건네는 물주머니를 받아 들고 마시자 담백한 맛이 느껴졌다. 우유랑 비슷한 맛이었는데 더욱 농도가 짙었다. 비린 맛이 없어 지구에서 먹던 우유보다 훨씬 맛있었다. 확실히 음식 면에서는 이쪽 세계가 더욱 뛰어난 것 같았다.

'살이 찔지도 모르겠군.'

지온은 피식 웃으며 고개를 저으며 입을 떼었다.

"맛이군요."

"원래 남부 대륙에서는 전투 식량으로 썼던 것이지. 영양소가 많아 한 끼를 대충 때우는 데에는 이만한 것이 없지."

잠시 말이 끊겼다. 내려앉은 정적 속에서 카이론이 먼저 입을 떼었다.

"지온, 자네의 신분은 우리 쪽으로 해놓았네. 이게 본래 절차가 상당히 까다로운 것이지만 내가 손 좀 써놓았어."

"예. 방금 신분증을 받았습니다. 감사드립니다."

"아니, 우리가 감사하지. 나와 내 동료들의 목숨을 구해준 것이 바로 자네 아닌가. 이 정도는 당연한 것이라네."

카이론은 지온의 앞까지 천천히 걸어왔다. 바룩처럼 거대한 키는 아니었지만 지온보다는 큰 키였다. 압축되어 있는 근육이 옷을 찢어버릴 것 같았다.

얼마나 수련을 해야 저 정도의 몸을 가질 수 있는 걸까? 지온은 그 근육이 그가 살아온 세월을 대충이나마 알려주는 느낌을 받았다.

"하지만 주의하게. 자네는 너무 눈에 띄어. 그 선명한 푸른 머리는 평민들은 물론이고 귀족들 사이에서도 잘 찾아보기 힘든 색이니 말이야. 나는 자네가… 아니, 아니네."

카이론은 잠시 말을 끊더니 작은 숨을 한 번 내쉬고는 다시 입을 떼었다.

"아무튼 그렇다네. 이 지역에서는 아니지만 저 위쪽에서는 요즘 말이 많은 색깔이기도 하니 주의하게."

"그렇군요. 그 위쪽 지역에서는 무슨 일이라도 있습니까?"

"뭐, 생각과 사상의 대립에서 오는 분쟁이라고 할 수 있지. 요즘 대륙의 정세가… 음, 설명하자면 긴 이야기니 이쯤하지. 아무튼 너무 신경은 쓸 필요는 없네. 다만 위험할 수 있는 가능성을 줄이자는 것이지."

카이론은 피식 웃더니 지온의 어깨를 두드렸다. 자칫 차가워 보일 수도 있을 카이론의 인상이 살짝 지은 웃음으로 많이 부드러워졌다.

신뢰가 넘치는 그의 눈빛을 받은 지온은 살짝 마주 웃고는 고개를 끄덕였다.

"그럼 지온, 레이디 이브가 외로워하지 않게 가보는 것이 어떤가?"

"예?"

"젊다는 건 좋은 것이야. 너무 잡혀 살지 않게 조심하게."

"무슨……."

"하하하!"

카이론은 호탕하게 웃고는 먼저 밖으로 나갔다. 마지막에 그가 한 말은 잘 이해가 되지 않았지만 아무렴 어떠한가. 중요한 것은 카이론은 진정 좋은 사람이라는 것이다.

일부러 자신을 찾아와 이렇게 배려해 주는 사람은 지구에서조차도 무척이나 드문 일이니 말이다.

지온은 눈을 깜빡이다가 피식 웃고는 살짝 고개를 내저었다.

"많은 도움을 받아버렸군."

처음 카이론을 만난 것이 정말 다행이라 생각했다. 만약 나쁜 의도를 지닌 사람을 만났더라면 이 자리에 있지 못했을 수도 있다.

"음……."

지온은 손을 들어 자신의 머리카락을 쥐어보았다. 부드러운 느낌의 비단과도 같은 촉감이 느껴졌다.

굉장히 곱고 부드러운 머리카락이다. 분명 강인한 남자의 표본은 아니었다.

"마음에 들지도 않고… 확실히 눈에 띄는구나."

구석에 먼지가 쌓인 거울을 바라보았다. 선명한 푸른 머리카락은 마치 넘실거리는 바다를 보는 것같이 화려했다. 보통 이런 머리색은 가발을 쓴 것처럼 이질감이 느껴져야 했지만 화려한 외모와 너무나도 잘 어울렸다.

염색을 해도 이러한 색은 도저히 안 나올 것 같았다.

'이대로 지구에 간다면 난리가 나겠군.'

톱 연예인이 되는 것이 꿈만은 아닐 것이다. 그런 생각을 하자 웃음이 피식 나왔다. 잘도 이런 한가한 생각을 하고 있는 자신이 한심해서였다.

카이론이 걱정할 정도의 외모라면 굉장히 곤란한 일에 휘말릴 수도 있다.

"이런 머리카락 색은 찾아보긴 힘든가 보군."

트레저 헌터나 마을 사람 중에도 컬러풀한 머리카락을 가지고 있는 이가 있긴 했지만 대체적으로 어두운 색상이었다.

카이론의 말로 미루어볼 때 평민과 귀족들은 겉모습에서부터도 차이가 나는 것 같았다. 보통 귀족은 귀족끼리 혈통을 이으니 유전적으로도 그렇게 대대로 내려오고 있는 것이다.

"이브는……."

이브는 다른 의미로 눈에 확 띄니 곤란해질 여지가 더욱 많다. 자신도 충분히 인간의 상식을 지니고 있다고 말하는 이브였지만 지온은 지구에서 온 자신보다 서투른 이브의 모습에 걱정되지 않을 수 없었다.

　지온은 조금씩 아파오는 머리를 손으로 누르고는 밖으로
나왔다.

제6장
섬광의 학살자

아침 일찍 들어갔는데, 점심시간에 이르러서야 밖으로 나왔다. 지온은 생각보다 시간이 많이 지났음을 깨달았다. 태양이 바로 머리 위에 떠 있는 것을 본 것이다.

집중력이 좋아진 탓인지 시간 가는 줄 모르고 책을 읽은 것 같았다.

"낮에 보니 색다르네?"

밤에 보았을 때와는 전혀 다른 느낌이다. 잘 닦여진 도로 양옆에 나무와 벽돌로 된 집들이 아기자기하게 들어서 있었다. 마을 중앙에는 커다란 분수대가 있었는데 그 주위에 아이들이 뛰놀고 있었다.

왁자지껄한 웃음소리가 가득한 평화로운 마을이었다. 이렇게 여유가 있는 풍경을 보는 것은 상당히 오랜만이라는 생각이 들었다.

지구에서 느낄 수 없는 느낌이었다.

"음......"

주위에 몰리는 시선에 지온은 볼을 붉혔였다. 남자친구와 길을 가던 여인 역시 지온의 화려한 용모에 시선을 빼앗겨 버렸다. 남자는 지온을 노려보았지만 열등감만 느껴져 한숨을 쉬고 여자친구를 잡아끄는 수밖에 없었다.

'얼굴도 그렇지만 옷도 문제인가?'

고급스러운 제복을 연상케 하는 복장을 입고 있으니 이런 지방에서는 찾아보기 힘든 고귀한 느낌이 흘렀다. 이미 시선을 다 모았으니 지금 당장 방어복의 형태를 바꾸는 일은 하지 않았다.

지온은 살짝 한숨을 내쉬고는 시선을 돌리다가 사람들이 모여 있는 곳을 발견했다.

"이브?"

멀리서도 확 눈에 띄는 이브였다. 몸에서 빛이 난다는 표현이 어울릴 정도다. 연예인을 보았을 때 후광이 난다고들 한다. 지온은 그 말을 믿지 않았는데 어쩌면 그렇게 될 수도 있다는 생각이 들었다.

물론 이브 덕분에 눈이 너무 높아져 버려 지구의 연예인들은 눈에 차지도 않겠지만 말이다.

"와아!

"나는 용사다!"

"네가 마왕이라 했잖아!"

분수대에서 나무로 된 목검을 들고 뛰어다니는 아이들이 있었다. 공주 역을 맡은 어린 소녀는 새침때기 같은 표정을 짓고 있었다.

꽤나 격식 있게 목검을 허리춤에 찔러 넣은 어린 소년이 어린 소녀를 에스코트하는 모습이 보이자 지온은 피식 웃어 보였다.

"어? 예쁜 누나다!"

"와!"

이브의 주위에 몰려든 꼬마들은 자기들끼리 떠들다가 이브의 손을 잡아끌었다. 지온처럼 멀리서 그를 발견하여 가까이 오던 이브가 허둥지둥거리며 소리쳤다.

"자, 잠깐. 지, 지온!"

당황으로 물든 이브가 다급히 도움을 요청했지만 지온은 피식 웃으며 외면했다.

지온의 웃는 모습에 살짝 인상을 찡그린 이브는 얼떨결에 아이들 속에 둘러싸여 버렸다.

처음에는 당황하는 것 같았으나 그녀의 표정은 곧 부드럽게 바뀌었다. 평범한 소녀처럼 보이는 그 모습에 지온이 가만히 그녀의 정체를 떠올렸다.

'대마수라…….'

두려운 그 이름이 지온에게는 따듯하게만 느껴졌다. 지온은 이브가 겉은 차가울지 몰라도 그 안은 진정으로 따듯한 마음을 지니고 있다고 생각했다.

지온은 여관 벽에 등을 기대고 한동안 이브를 바라보다가 한 차례 더 미소를 짓고는 여관으로 발걸음을 옮겼다.

"점심은 뭐가 좋을까?"

이런 평화로운 날에 조금 여유를 부려도 되지 않을까? 앞으로 어찌 될지 모르니 지금은 이런 기분을 조금 더 만끽하고 싶은 지온이었다.

점심을 먹을 때가 되자 이브가 돌아왔다. 조금 지쳐 있는 기색이었는데, 이브는 지온을 살짝 째려보았다. 아이들에게 둘러싸여 있던 자신을 피식 웃으며 외면했던 것 때문이다.

"지온……."

"미안. 사과의 의미로 맛있는 걸 사줄 테니까 기분 풀라고."

"음, 그렇다면 그냥 넘어가도록 하지."

이브를 달래는 데는 역시 맛있는 음식이 최고였다. 고맙게도 카이론이 돈을 두둑하게 내준 덕분에 꽤나 호화로운 점심을 먹을 수 있게 되었다.

"지온, 든든히 먹어놓는 것이 좋다."

이브의 눈이 반짝반짝 빛나는 것 같았다. 아직 음식이 나오지 않았음에도 포크와 나이프를 쥐고 있었다.

"어제랑 같은 걸 시켰는데 괜찮지?"

"물론."

잠시 후 두 사람이 먹기엔 많아 보이는 음식이 나왔다. 지온은 이 많은 음식이 오히려 부족해 보였다. 이브의 식성을 잘 알고 있는 지온으로서는 당연한 일이었다.

이브가 기대되는 표정으로 음식을 바라보고 있자 지온은 웃음을 살짝 흘렸다.

"근데, 아이들과 꽤나 친해진 모양인데?"

"음, 아이들은 종족을 막론하고 빛이 나지."

"그런가?"

나이프로 고기를 썰던 것을 멈춘 이브가 지온에게로 시선을 옮겼다.

"오늘 떠날 건가?"

"그래야지. 대충 어디로 가야 할지 목표는 정했으니 말이야."

"여행 물품은?"

지온은 품에 있는 주머니에서 금화 한 개를 꺼냈다.

"저번 던전에서 발견한 이 금화로 어떻게든 되지 않을까?"

"인간들은 금이란 것을 굉장히 좋아하더군. 빛나는 광물도 상당히 좋아하지. 그런 것이 어디에 쓸모가 있다는 건지 모르겠어."

"뭐, 보석이니까 말이야."

이브는 고개를 저으며 포크로 고깃덩어리를 찍어 들어 보였다.

"나에게는 그것보다 이 음식이 더 값어치가 있는 것 같다."

"관점의 차이지."

고기를 입에 넣고 우물거리는 이브의 모습은 꽤나 귀여웠다.

"호오, 그거 고대의 금화로군요?"

"제이란?"

"이거, 식사 중에 죄송합니다. 멀리서 굉장한 것이 보여서 이렇게 실례를 저질렀네요. 양해를 구해도 되겠습니까?"

지온과 이브가 고개를 끄덕이자 제이란은 의자 하나를 끌어와 합석했다.

"값어치가 있는 금화입니까?"

"예. 그것도 상당히. 금화로서의 값어치보다도 역사적으로 연구 가치가 높은 물건이죠. 고대의 것을 광적으로 모으는 귀족들이 많은지라 꽤나 비싼 값을 받을 수 있을 겁니다."

"이 마을에 이것을 팔 만한 곳이 있습니까?"

지온의 말에 제이란이 고개를 끄덕였다.

"경매에 붙이는 것이 가장 좋은 방법이지만, 그럭저럭 괜찮은 값을 받을 수 있는 곳이 있습니다. 저희 길드에 맡겨주시겠습니까?"

트레저 헌터는 값어치가 나가는 물건들을 습득하는 경우가 많았기에 독자적인 유통 경로가 있었다. 신뢰할 수 있고 빨리 처분할 수 있는 그런 곳을 여럿 터놓은 것이다.

"제가 부탁하고 싶군요."

"그럼 빨리 처분해 드리겠습니다."

지온이 금화 주머니를 건네자 제이란은 웃으며 그것을 받아 들었다. 보통 의심부터 하겠지만 지온은 제이란을 신뢰하고 있었다. 같이 목숨을 건 싸움을 해서인지, 아니면 카이론의 부하여서인지 모르겠지만 왠지 지온은 그를 신뢰할 수 있었다.

"카이론 대장님이 안 보이는군요?"

"예. 아침에 말씀드렸다시피 마을에 조금 곤란한 일이 있어서 말이죠. 그 때문에 중앙 영지에서 인원이 오긴 했는데……. 하하, 식사 자리에서 이런 이야기는 조금 그렇죠? 그럼 실례하겠습니다."

제이란이 자리를 뜨자 이브는 나이프를 잠시 내려놓았다.

"사람을 너무 믿지 않는 것이 좋다, 지온."

"믿을 만한 사람이잖아?"

"하긴, 이런 음식을 공짜로 주었으니 말이야. 음, 그런 사람은 믿어도 된다."

이브의 말에 지온은 눈을 깜빡였다. 이브에게는 값비싼 보석보다 이런 음식이 더 귀중하게 보인다는 것을 깨달은 지온은 피식 웃으며 고개를 저었다.

보석 같은 것도 인간이 없었다면 아무도 찾지 않는 그저 돌덩어리였을 것이다.

그렇게 생각하던 지온은 제이란이 동료들과 무언가 이야기하고 있는 것을 보았다.

"곤란한 일인가?"

카이론이 곤란해하는 일이 무엇일지 궁금해지는 지온이었다.

오후가 되자 본격적으로 떠날 준비를 하기 위해 이브와 지온은 상점가로 향했다. 제이란이 빠르게 금화를 처분해 주어 상당히 많은 돈을 받을 수 있었다.

금화를 판 값은 화폐의 가치를 잘 모르는 지온이 보기에도 상당히 많은 금액이었다.

보존 상태가 좋아 예상보다 더 높은 가격에 팔렸다고 한다.

'그렇다고 너무 막 쓰면 안 돼.'

지온은 돈을 나누어서 가방에 보관해 놓고 일정 금액만 쓰기로 했다. 다른 것은 몰라도 돈의 대부분이 식비로 나갈 것을 예감한 지온이었다.

'많이 먹긴 하니까.'

이브를 힐끔 보던 지온은 피식 웃고는 상점가를 둘러보았다. 작은 마을임에도 불구하고 트레저 헌터 지부가 있어서 그런지 상업이 꽤나 발달해 보였다.

특히 지온 같은 여행자를 주 대상으로 하는 상점도 많이 보였다.

일단 지온은 이브를 생각해 옷을 구입할 생각이었다. 그리고 자신의 몸을 함부로 다루는 이브이니 무거운 갑옷은 무리더라도 간단한 부분 갑옷 정도는 입힐 생각이었다.

'약이 무한한 것은 아니니 제일 좋은 방법은 다치지 않는 거지.'

당연한 생각이었다.

지온은 그렇게 결심하고 이브를 이끌고 여기저기 빠르게 돌아다녔다.

"지온, 아직 멀었는가?"

피곤한 기색이 다분한 목소리에 지온은 고개를 끄덕였다.

"철저하게 준비해야 해."

"너무 걱정이 심하군."

"네가 너무 무심한 거야."

용량이 엄청나게 늘어난 가방 덕분에 제법 많은 물건을 비축할 수 있었다. 가방 자체에 시간이 동결된 듯 보였기에 상할 수 있는 음식도 시험 삼아 몇 가지 사보았다. 대부분 여행자 맞춤 식량을 우선적으로 구입했다.

"이 옷, 불편하군."

이브의 불만이 이어졌지만 지온은 그녀의 투정을 들어줄 생각이 없었다. 질긴 가죽으로 된 부분 보호구를 덧입히고 나서야 만족한 듯 고개를 끄덕였다.

생각 같아서는 자신의 방어복을 주고 싶었지만 지온은 모든 면에서 이브에 훨씬 못 미치는 약자였다. 이브는 인간으로서는 최상이라 부를 수 있는 뛰어난 육체능력을 지니고 있으니 말이다.

물론 기본 베이스는 여성의 육체이기 때문에 그 한계가 분명하기는 했다.

"이제 준비가 다 된 건가?"

"응. 다 된 것 같아."

모든 준비가 갖추어지니 마음이 든든해진 지온이었다. 하지만 이 대륙이 처음이고 더군다나 길을 찾는 것은 더더욱 처음이었기에 불안감이 조금씩 드는 것은 사실이었다.

'스마트폰을 계속 켤 수도 없고 말이지.'

지도가 입력되어 있으니 최소한 길을 잃을 염려는 없어 보였다. 사용 시간에 한계가 있으니 배터리가 해결될 때까지는 조금씩 사용해야 할 듯싶었다.

지도까지 따로 구입했으니 어떻게든 되지 않을까? 무모해 보일 수도 있지만 해보지 않는 것보다야 낫다고 생각했다.

지온은 떠나기 전에 카이론에게 인사를 하기 위해 길드로 향했다.

길드로 향하는 도중 이브는 무언가 이상한 느낌이 들어 주위를 살펴보았다.

"소란스럽군."

"응?"

"분위기가 변했다."

지온은 이브의 말에 주위를 둘러보니 확실히 분위기가 변한 것이 느껴졌다. 활기차던 분위기가 조금은 가라앉고 있었던 것이다.

많은 인파가 갈라지는 것이 보였다. 그리고 등장한 것은 태양빛에 빛나는 갑옷들로 무장한 기사들과 고급스러운 옷을 입고 있는 인물들이었다.

딱 봐도 이곳과는 전혀 어울리지 않는 모습에 지온은 의아해했다. 확실히 그들 뒤에 세워진 화려한 마차는 일반 사람이 타기에는 너무나도 고급스러웠다.

'귀족인가?'

그다지 환영 받지 못하는 분위기였다. 마을 사람들은 저마다 자리를 피하기 일쑤였다. 간혹 입에 욕을 달고 혀를 차는 이들도 있었다.

'평판이 좋지 못한 사람들인가 보군.'

그 광경을 지켜본 지온은 자리를 피해야겠다고 생각했다. 자신은 괜찮더라도 이브가 있으니 왠지 곤란한 일이 발생할 것 같은 느낌이 강하게 들었기 때문이다.

"이브, 돌아가……."

"거기, 너!"

몸을 돌리려던 지온의 얼굴이 구겨졌다. 바그라에서 직접 공수해 온 명품 흰 비단으로 만든 사치스러운 복장을 입고 있는 남자 귀족이 지온을 불러 세운 것이다. 아니, 정확히 말하자면 그의 시선은 이브에게로 향해 있었다.

'내 실수다.'

상상 이상으로 아름다운 초월적인 이브의 미모가 이런 일을 불러일으킬 수 있다는 것을 염두에 두고 있음에도 대처를 안 한 자신의 탓이라 생각하는 지온이었다.

'너무 안심했어.'

자신의 선명한 푸른 머리에만 정신이 팔려 자신만 후드를 뒤집어쓰고 있었던 것이다.

카이론이 있는 마을이라 너무 마음을 놓고 돌아다녔다. 책으로 간접적인 지식을 흡수했기에 귀족이라는 계층의 특성 정도는 파악하고 있는 지온이었다.

"이런 마을에 보기 힘든 미모로군."

귀족 사내의 눈빛이 이브의 전신을 훑자 이브의 눈썹이 꿈틀거렸다.

지온은 그런 이브의 앞을 살짝 막아섰다.

"무슨 일이십니까?"

"건방진 놈! 네놈에게는 볼일 없다."

귀족은 지온을 노려보다가 비릿한 미소를 지었다.

"호오, 네놈이 그 납치범이 틀림없구나! 검은색의 음침한 복장, 수상해 보이는 놈이다!"

"납치범이라니, 그게 무슨……."

지온의 말은 끝까지 이어지지 못했다. 귀족이 손가락으로 지온을 가리키며 외치기 시작했기 때문이다.

"여봐라! 저 간악무도한 납치범을 당장 체포하고 저 잡혀 있는 여인을 구하라!"

주위에 있던 기사들은 어리둥절한 표정을 짓고 선뜻 검을 뽑지 못하고 있었다. 갑작스러운 이 상황이 잘 이해가 되지 않는 것이다.

지온 역시 크게 당황했다. 생각하지 못한 범주의 상황이다. 여차하면 라이트 세이버를 빼어 들고 도망가려 했는데, 덕분에 타이밍을 놓쳐 버렸다.

"잠깐만요, 그게 무슨 소립니까? 전 납치범이 아닙니다."

신분패가 생각난 지온은 꺼내 내밀었다. 그러자 기사들 중에서 한 명이 다가와 신분패를 받아 들었다.

"영광스러운 빛을 판별하는 조사관님, 정식 길드 소속 신분패입니다. 신분이 확실한 자입니다."

"흥! 신분이 확실한 자라도 범죄를 저지를 수 있다!"

그러자 기사는 난처한 표정을 지었다. 중년으로 보이는 그 기사의 강직한 눈이 지온에게 향했다.

"미안하네. 일단 구속되어 주게."

오해가 풀리면 분명 풀려날 것이다. 하지만 그동안 이브의 신변은 장담할 수 없었다.

이브는 보통 여자가 아닌 과거의 전설적 대마수이다. 힘이 대부분이 봉인되어 있다고는 하나 그 존재감은 인간의 아래로 칠 수 없는 것이다. 이브에게 허튼짓이라도 할 때에는 분명 돌이킬 수 없는 결과가 일어날 수도 있었다.

"지온."

지온이 뒤로 이브의 손을 잡았다. 손에 마력을 모으던 이브의 집중이 깨지며 마력이 흩어졌다. 마법이라는 것이 내는 살상력을 알고 있는 지온이었기에 이브를 말린 것이다.

"반항하려는 건가."

중년의 기사가 손을 들자 주위에 포진해 있던 기사들이 모두 검을 뽑았다.

조사관이라 불리는 귀족은 코웃음을 치며 손가락으로 지온을 찌르듯 가리켰다.

"죄인을 포박하라! 무릎을 꿇려서 내 앞에 대령하도록!"

스릉!

날카로운 검에서 두려운 소리가 일렁였다.

'싸워야 하나?'

지온은 망설였다. 저들은 몬스터가 아닌 사람이다. 라이트 세이버를 뽑아 들어 상대한다면 저들은 분명 죽을 것이다.

지온은 저들을 제압할 수 있을 정도의 실력은 결코 되지 못했다. 그저 마구잡이로 라이트 세이버를 휘두르는 것일 뿐이니까.

'싸움이란 것을 너무 쉽게 생각했어. 누굴 죽일 수도 있는 일인데⋯⋯.'

지온이 제대로 나서고 이브까지 합세한다면 분명 저들을 물리칠 수 있었다. 하지만 분명 다 죽이고 말 것이다.

'하지만 이대로 당하고만 있을 수는 없어.'

지온은 라이트 세이버를 꽉 쥐었다.

기사들의 날카로운 검을 보며 침을 꿀꺽 삼킨 지온이 막 버튼을 누르려는 때였다.

콰아앙!

기사 하나가 공중으로 치솟더니 갑자기 쭉 날아가 벽에 처박혔다.

"마리클 펀치! 슈퍼 킥!"

그에 그치지 않고 멍하니 서 있던 기사가 공중으로 치솟았다.

"무, 무슨!"

"누구냐!"

기사 하나가 무언가에 잡혀 끌려가더니 그대로 벽에 부딪쳐 버렸다. 무너져 내리는 벽에서 나온 먼지가 자욱하게 주위에 깔렸다. 그곳에서 얼핏 보이는 것은 인간이라고는 생각할 수 없을 만큼 커다란 그림자였다.

먼지 속에서 흉흉한 안광을 빛내고 있는 커다란 그림자의 정체는 지온이 익히 알고 있는 자였다.

"바록?"

"음, 지온, 무사한가?"

"가, 감히 여기가 어느 안전이라고!!"

엄청난 거구의 바록이 등장하자 조사관은 뒤로 몇 걸음 물러날 수밖에 없었다. 바록의 거대한 근육이 꿈틀거린 것일 뿐인데도 기사들은 그 광경에 절로 위축되어 버렸다.

마치 바록의 주위로 무언가 압도하는 파장이 퍼져 나오는 듯했다.

"가, 감히 공무 집행 중인 기사를 폭행하다니! 이건 국가에 대한 엄연한 반역 행위다!"

"네놈들은 그런 말 할 자격 없다! 게다가 난 이 망할 왕국 출신도 아니지."

바록의 거대한 망치 같은 두 주먹이 펴지며 옆에 반쯤 부서져 내린 벽의 기둥으로 향했다.

바록은 망설임 없이 기둥에 손을 얹었다.

퍼석!

그리고 그대로 뽑았다.

"무, 무슨! 말도 안 되는 힘이다!"

"괴, 괴물!"

통째로 벽을 뽑아 두 손으로 쥐더니 지온의 주위를 포위하고 있던 기사들을 보고 씨익 웃었다.

"근성을 고쳐 주마!"

거대한 몸치고는 제법 빠르게 뛰어들어 기사들 한가운데에 섰다.

"굉장한 어택!"

그 자리에서 팽이처럼 돌며 기둥을 휘둘렀다. 마치 야구공이 배트에 맞은 것처럼 여러 기사가 그 자리에서 멀리 날아가 버렸다.

"커, 커억!"

"미친! 뭐 저런 괴물 놈이!"

"뭐, 뭣들 하는 게냐! 빨리 저놈을… 우, 우악!"

기사 하나가 조사관의 발밑에 떨어져 내렸다. 입에 거품을 물고 부들부들 떨고 있는 모양새가 조사관을 공포에 질리게 만들었다.

"네, 네놈!! 히, 히이이익!"

"예전부터 너 같은 놈을 보면 근성을 고쳐 주고 싶었다. 자! 사나이의 혼이 담긴 펀치를 받아보아라!"

"미, 미친놈!"

미친놈이 분명하다.

조사관은 그렇게 생각할 수밖에 없었다. 자신은 분명 귀족이다. 비록 상인 신분에서 막대한 돈을 주고 산 작위지만 엄연히 왕국의 법에 보호를 받는 귀족이다.

그런 귀족에게 저런 무지막지한 주먹을 휘두르는 자는 미친놈이 분명했다.

하지만 바록은 그런 것 따위는 아무래도 상관없는 듯했다.

"아……!"

지온은 순식간에 아수라장이 되는 상황에 멍한 표정을 지을 수밖에 없었다. 상황을 보니 좋게 끝나기는 심각하게 어려워 보였다.

바록의 등장으로 더욱 꼬여가는 상황에 지온은 얼이 나갈 지경이었다.

"제법 마음에 드는군. 쓸 만한 힘이야."

그런 지온의 마음을 알긴 아는 건지 턱에 손을 얹으며 작게 감탄하는 이브였다.

바록의 주위를 기사들이 둘러싸자 더 이상 지온도 가만히 보고만 있을 수는 없게 되었다.

이브는 지온을 유심히 바라보았다.

"지온, 망설이지 마라."

"……."

이미 싸울 준비가 된 이브와는 다르게 지온은 라이트 세이버를 치켜들면서도 마음의 준비가 되지 않았다.

기사들이 바록을 일제히 공격하자 바록의 몸에 상처가 생기기 시작했다. 힘으로 밀어붙이는 것도 한계에 다다른 것이다.

'빌어먹을!'

지온이 해야 할 일은 명백해졌다. 더 이상 두고 볼 수만은 없었다. 지온은 바록의 주위로 달려들며 라이트 세이버의 버튼을 눌렀다.

부웅!

빛이 공기를 가른다.

찬란한 백색의 광선이 치솟으며 바록의 등에 꽂히려던 검을 베며 지나갔다.

순식간이었다. 아무런 무게감도 없이 투과되듯 지나갔다. 마치 공기마저 베고 찢기는 착각이 일 정도다.

서걱― 팅―

검이 간단히 두 동강 나서 바닥에 떨어졌다. 주위로 적막이 깔렸다.

'운이 좋았어. 다행히 기사의 팔이 통째로 베어지지는 않았으니.'

조금만 더 늦게 휘둘렀어도 기사는 불구가 되었을 것이다. 지온은 작게 숨을 내쉬며 안심했다.

"무, 무슨?!"

"마, 마스터다!"

"검의 달인이 나타났다!"

막대한 에너지파가 뿜어져 나오며 지온의 옷이 나부꼈다. 확실히 전보다는 빛의 농도가 약해지긴 했지만 이것만으로도 위압감이 대단했다.

날카로운 예기가 바람을 타고 퍼져 나갈 지경이니 말이다. 담력이 작은 자라면 바라보는 것만으로도 몸을 떨 것이다.

"마, 마스터라고? 이런 오지에?!"

"거, 검은 제복! 백색의 오러… 드, 들어본 적 있어! 섬광의 학살자!"

"행방불명된 섬광의 학살자가 어째서 여기에?!"

기사들은 감히 달려들지 못하고 벌벌 떨며 뒤로 주춤 물러났다. 마스터가 갖는 파괴력은 어마어마한 것이었다.

마스터의 이름은 단순히 검을 잘 다룬다는 개념이 아니었다. 최고의 강철로 제련된 갑옷도 종이처럼 찢어버리는 그 압도적인 공포는 대적할 수 없는 전장의 화신으로 모두의 뇌리 속에 박혀 있는 것이다.

더욱이 고등교육을 받은 기사들의 경우에는 그 정도가 심했다.

지온은 어리둥절한 표정을 감출 수가 없었다. 난데없이 섬광의 학살자라는 소리를 들었으니 당연했다.

'겁을 먹고 있다고?'

그 섬광의 학살자라는 이명이 대단한 것인지 기사들 전체가 겁에 질려 버렸다.

지온은 일단 그것을 이용하기로 했다. 그 방법밖에 생각이
나지 않았기 때문이다.

'그 학살자라는 사람한테는 미안하지만 어쩔 수 없지.'

싸우지 않고 물러가게 하는 방법이 제일 좋다고 생각했다.
연기에는 일가견이 없지만 그래도 어느 정도 먹힐 것 같았다.
예전에 지온은 허세를 부리는 데 있어서 꽤나 일가견이 있는
몸이었다.

산만 한 덩치와 험악한 인상 때문에 조폭 같은 자들과 시비
가 붙는 일이 많았는데 허세 싸움이 가장 중요하다는 것을 그
때 깨달았다.

"죽고 싶은 거냐?"

최대한 거만하게, 그리고 목소리를 낮게 깔아서 말했다.

"서, 섬광의 학살자!"

조사관은 경악으로 물든 얼굴을 감추지 못하고 뒤로 물러
나다 엉덩방아를 찧었다. 제국의 영향권에 있는 왕국들에게
그 악명은 대단했기 때문이다.

조사관은 떨리는 와중에 간신히 입을 떼었다.

"뭐, 뭔가 오, 오해가 이, 있었소. 내, 내가 사람을 잘못 봤소."

"잘못 보았다? 그럼 나도 잘못 보고 네놈을 죽여도 되겠군."

"히, 히이익!"

후드에 가려져 얼굴은 보이지 않았다. 보이는 거라고는 살
짝 드러나는 푸른 머리가 전부였다.

'푸른 머리… 백색의 오러… 섬광의 학살자가 분명하다!'

조사관의 몸이 쉴 새 없이 떨렸다. 너무나 공포스러워 정신을 잃어버릴 것만 같았다.

눈부시게 뿜어져 나오는 백색의 오라는 아무나 낼 수 있는 것이 아니다.

오라의 색깔이 중첩되는 경우가 있긴 하지만 그것은 극소수일 뿐이고, 특히 성향을 나타내는 색이 백색인 경우는 극히 드물었기 때문이다.

그것은 텅 빈 감정을 나타냈다.

아무것도 나타나지 않는 허무.

그렇기 때문에 더욱 섬뜩한 것이다. 아무렇지도 않게 사람을 베는 자만큼 두려운 것은 없었기 때문이다.

"오, 오지 마!!"

조사관의 겁에 질린 모습에도 섬광의 학살자는 천천히 걸음을 옮겨 다가갔다. 그 모습에 입술이 바짝 타는 것은 기사들이었다. 금방이라도 조사관이 죽어버릴 것 같았기 때문이다.

아무리 쓰레기 같은 상관일지라도 살해당하게 된다면 문책은 피할 수 없었다.

"뭘 쫄고 있는 거야? 멍청이들!"

바록은 이 상황이 잘 이해가 되지 않아 고개를 갸웃거리다가 이죽거리며 그렇게 내뱉었다. 그리고는 지온을 바라보며 피식 웃었다.

"이, 이런! 지온! 그만두게!"

끝나지 않을 것 같은 공포의 시간을 사라지게 한 것은 헐레벌떡 뛰어온 카이론이었다.

카이론이 등장하고 나서야 지온은 라이트 세이버의 전원을 껐다. 그제야 안도의 한숨을 내쉬는 그들이었다.

"파견 나오신 조사관과 일행인 기사들이십니까?"

"그, 그렇소. 그대는?"

"트레저 헌터 정식 길드 테론의 길드장입니다."

"푸, 푸른 보석을 쫓는 카이론? 마, 만나서 반갑소! 사, 살려주시오! 제발!"

조사관이 겨우 숨통이 트이는지 지온의 시선을 피해 카이론에게 다가갔다. 지금 그에게는 방금 등장한 카이론이 마치 구세주처럼 보였다.

"도대체 무슨 일입니까? 왜 기사들이 공격을 한 것입니까?"

"그, 그게……."

조사관은 말을 더듬었다. 그가 귀족일지라도 카이론을 함부로 대할 수는 없었다. 비록 귀족은 아니지만 충분히 그와 동등한 대우를 받을 만한 자격이 있는 카이론이었다.

"나, 나는 그저 그… 납치범인 줄 알고……."

"저기 저 기사 손에 들린 것이 신분증 아닙니까?"

조사관이 움찔하며 중년 기사를 바라보았다. 중년 기사는 시선을 피했다.

"위조될 수도 있지 않소! 나, 나는 그저 간단한 심문만 하려 했을 뿐이오! 그런데 저 덩치가 먼저 공격해서… 다, 당신의 길드원이 나를 공격했단 말이오!"

카이론이 바룩을 바라보자 바룩은 어깨를 으쓱하며 입을 떼었다.

"길드원이라니, 나는 그저 지나가는 길이었다. 나는 트레저 헌터 따위가 아니라고."

"무, 무슨 말도 안 되는!"

사태를 가만히 보고 있던 지온이 한 걸음 앞으로 나오자 조사관은 움찔거리며 뒤로 물러났다. 그것은 주위에 포진해 있던 기사들 역시 마찬가지였다.

"오, 오지 마! 네, 네가 마, 마스터라 할지라도 나는 바그라 왕국의 법으로 보호 받는 귀족이다!"

"법?"

지온은 법이라는 것을 생각해 보았다. 한국에서처럼 그나마 만민에게 평등하게 적용되는 법이 아닌, 특수한 성질의 것이 분명했다.

힘이 없다는 것은 슬픈 일이다. 자신도 라이트 세이버와 방어복이 없었으면 심한 고초를 겪었을 것이 분명했다. 자신뿐만 아니라 이브조차도.

자신이 유리하다는 것을 감지한 지온은 밀어붙여야겠다고 생각했다. 이대로 물러나기엔 억울했으니 말이다.

"그럼 법대로 해보지."

"마스터 지온의 말처럼 법대로 한다면 조사관님께서 굉장히 불리하실 겁니다. 게다가 그는 이 나라 출신도 아니고 함부로 언급할 신분 또한 아닙니다."

카이론의 말에 조사관의 표정이 급격히 굳어졌다.

'내, 내가 미쳤지!'

그제야 자신의 눈앞에 있는 자가 누구인지 명확히 머릿속에 새겨지기 시작했다.

소름이 쫙 끼치며 금방이라도 기절할 것 같은 공포심에 휩싸였다.

상황 판단이 제대로 되기 시작하자 주위의 광경이 눈에 들어왔다. 벽에 처박혀 있는 기사와 바닥에 널브러져 있는 기사, 그리고 덜덜 손을 떨고 있는 기사들까지 모두 정상이라고 보기엔 무리가 있었다.

"죄, 죄송하오. 오해였소. 내가 잠시 정신을 놓았나 보오. 그… 마, 마스터 지온께 내 당장 사과를 드리겠소!"

조사관의 신분이 귀족이기는 하나 마스터에 비하면 턱없이 격이 딸렸다. 특히나 정규 교육 과정을 수료한 기사들은 마스터에게 갖는 경외감이 상상 이상으로 대단했다.

그 누구도 나서서 조사관을 위해주지 않았다. 지온을 존경의 눈초리로 바라볼 뿐이었다.

"마스터 지온, 죄송하오. 아, 아니, 죄송합니다."

섬광의 학살자!

눈앞에 있는 자의 존재감 때문에 식은땀이 송골송골 맺혔다.

단신으로 알베론 도시국가를 독립시킨 위대한 영웅. 그곳은 지금은 주변의 도시국가와 연합하여 알베론 연합국으로 불리고 있다.

조사관은 지온이라는 이름이 가명이라고 생각했다. 섬광의 학살자는 자신의 신념을 관찰하며 알베론 연합국과 제국과의 영토 분쟁 당시 굉장한 활약을 보인 무패의 검사였다.

'하필이면 이 마을에 은거를!'

지금은 알베론 연합국에서 떨어져 나와 독자적인 독립국을 꾸린 중소 국가 바그라 왕국에서 은거하고 있으리란 것은 그 누구도 상상하지 못했을 것이다.

진격하는 군대를 하룻밤 사이에 전멸시키고 주둔지에 침입해 단 한 사람도 살려두지 않은 일화는 적들이 그를 학살자라 부를 만큼 충격적인 사건이었다. 아군에게는 섬광의 영웅이었지만 적들에게는 전장에서 마주치기 가장 두려운 학살자였다.

섬광의 학살자에게 과거의 살육은 모두 청산했으니 제국으로 귀화하라는 제국 수상의 말은 이미 너무나도 유명했다.

"그, 그럼 나는 이만 가보겠소. 마스터 지온께서도 내 사과를 받아주신……."

그렇게 말하던 조사관이 지온의 눈치를 살폈다. 지온이 이브를 바라보자 이브는 눈썹을 찡그리더니 한숨을 쉬며 고개를 끄덕였다.

'물러 터졌군, 지온.'

이브는 지온의 뒷모습을 바라보았다. 아직 애송이다. 검을 잡은 지 한 달도 되지 않은 애송이보다도 잘할 것이 없는 나약한 인간이다.

'아직은 괜찮겠지. 천천히 변하면 되는 거야.'

인간은 변하게 마련이다. 이브는 그렇게 생각하며 마음을 차분히 가라앉혔다.

지온이 조사관을 바라보며 고개를 끄덕이자 조사관은 겨우 안도의 한숨을 내쉬었다.

"하지만 조사를, 게다가 이 마을 치안은……."

허겁지겁 도망가려던 조사관을 카이론의 말이 붙잡았다.

"그, 그건……."

"그럼 이렇게 하시는 것이 어떻겠습니까? 조사관님의 현재 상태로는 조사와 마을 방비를 제대로 하기에는 무리일 것 같으니 저희 길드에 치안권과 조사권을 넘겨주십시오. 실적이 있을 경우 조사관님 이름으로 올리면 되지 않겠습니까?"

"그, 그래 주겠소? 고, 고맙네, 카이론 길드장. 내 사례는 꼭 함세."

"별말씀을. 이분들을 여관으로 안내해라."

카이론이 부하들에게 그렇게 말하자 부하들은 피식 웃더니 고개를 끄덕였다.

부하들의 안내를 받은 조사단이 사라지고 나서야 카이론은 큰 한숨을 내쉬고는 웃음을 그렸다.

"지온, 다친 곳은 없나?"

그의 웃음은 아침과 다르게 매우 해맑아 보였다.

"자네를 이용하게 되어서 미안하네. 결과적으로는 그렇게 되어버렸군. 그 상황에서 무탈하게 끝나려면 자네가 검을 빼드는 방법밖에는 없었으니 말이네. 결국 마지막에는 개인적으로 이득을 취했으니 자네를 이용한 것이 되었네."

지온은 고개를 저으며 입을 떼었다.

"아닙니다. 그런데 혹시 바록이 기사단을 공격한 것도 혹시 계획된 것이었습니까?"

"바록은 계획과는 거리가 멀지. 게다가 멋대로 우리 길드가 아니라는 발언을 해버렸어."

카이론의 말에 바록은 고개를 끄덕였다.

"나는 카이론 대장님을 곤란하게 하고 싶지 않습니다."

"그래서 길드를 떠나기라도 할 텐가?"

"필요하다면 유람이라도 다녀오겠습니다. 마침 따분하던 차였는데……."

"바록."

카이론은 지끈거리는 머리를 부여잡고 한숨을 내쉬었다. 바록이 한 행동은 길드를 위해서 한 최적의 행동이었다. 아무리 마스터급 검사인 지온에게 유리할지라도 정말 법대로 가면 분명 길드 입장에서는 안 좋게 작용할 것이 분명했으니까.

"동료가 공격당하는 걸 보고만 있을 수는 없지 않수? 그걸 가르쳐 준 것이 카이론 대장님이고."

바록이 그렇게 말하자 카이론은 살짝 고개를 끄덕였다.

"그랬었지. 나도 늙었나 보군. 그런 마음보다 늘 길드 입장에서 생각을 하니 말이야."

"아닙니다. 카이론 대장님 입장에서는 당연한 것입니다."

지온이 그렇게 말하자 카이론은 고개를 설레설레 내저었다.

"아니네. 내가 바록의 입장이었다면 그렇게 하지 못했을 거야. 오히려 더 많은 이익을 위해 자네를 이용했겠지. 다시한 번 미안하네."

"아, 아닙니다."

카이론이 살짝 고개를 숙여가면서까지 말하자 지온은 손사래를 쳤다.

"아닙니다. 저는 괜찮습니다. 그런데 무슨 일이 있는 겁니까? 조사라니……."

"아! 일단 자리를 옮기지."

카이론이 그렇게 말하자 지온이 고개를 끄덕이고 카이론

의 뒤를 따랐다. 이브는 지온의 등을 묵묵히 바라보다가 시선을 떼고는 걸음을 옮겼다.

*   *   *

여관으로 다시 돌아온 지온은 카이론의 이야기를 들었다. 그러니까 몇 개월 전부터 이 부근, 바그라 남부 지방에서 여인들과 아이들이 실종되는 사건이 자주 발생한다고 했다.

이 일이 지방에서 골치 아픈 문제로 대두되자 엉덩이 무거운 높은 양반들이 명령해서 남부 지방의 마을에 조사단이 파견된 것이라 한다.

조사관과 기사를 보내어 치안을 강화하는 목적도 있었다. 좋은 목적으로 파견된 것까지는 좋은데, 바그라 왕국은 워낙 부정부패가 심해 제대로 된 조사관이 있을 리 만무하다는 것이다.

마을 주변에 치안을 담당해야 할 기사들은 일을 하기는커녕 술과 도박으로 밤을 지새우니 없던 납치범도 생길 지경이었다.

게다가 이런 작은 마을은 번번이 무시되기 일쑤였다.

보다 못한 카이론이 부하들을 시켜 마을의 치안만이라도 지켜보려고 나섰지만 이게 또 조사단이 치안권을 행사할 때 다른 단체가 개입하는 것이 금지되어 있었다. 어길 경우 심한 제재를 받게 되어 이러지도 저러지도 못하는 상황이었다.

"방금 일체의 권한을 넘겨받는다는 서류를 작성했네. 이 왕국에서는 아무리 위에 개입 요청을 해봐야 손만 벌리니 이렇게라도 하는 수밖에."

카이론의 말에 지온은 작게 고개를 끄덕였다. 벽에 등을 기대고 있는 이브를 바라보던 카이론은 다시 지온을 바라보았다.

"지금 떠날 건가?"

"예. 가능하면 빨리 떠나는 것이 좋을 것 같아서요."

"그렇군. 자네도⋯ 사정이 있으니 말이야. 목적지는 정했나?"

"예. 철의 도시로 갑니다."

철의 도시란 말에 카이론은 무언가 생각하며 턱을 쓰다듬었다.

지온은 자리에서 일어났다. 이 사건에 대해서는 카이론이 알아서 잘 해결할 것이다. 지온은 자신이 도울 수 있는 것이 없다고 생각했다.

어설픈 실력으로 도와주었다가 오히려 카이론에게 피해가 갈 수 있었다.

'내가 진정으로 한 사람 몫의 힘이 있었다면 도와줄 수 있을까?'

그렇게 생각하자 마음이 조금 착잡해졌지만 일단 닥친 상황을 먼저 해결해야 했다.

"그럼 가보겠습니다. 그동안 고마웠습니다, 카이론 대장님."

"오히려 내가 고맙지. 그럼 다시 만나길 고대하겠네, 마스터 지온."

지온이 살짝 고개를 숙여 인사하자 카이론이 웃으며 손을 흔들었다. 지온은 몸을 돌려 여관 밖으로 나왔다.

'이제 진짜 시작이군.'

혼자 오롯이 해결해야 하는 일이 산더미처럼 밀려올 것이다. 이브가 있기는 하지만 자신이 극복해야 하는 문제가 분명 존재했다.

"후, 이제 출발할 수 있는 건가, 지온?"

"그래, 출발하자."

지온은 이브의 얼굴을 바라보다가 못 보던 붉은 끈이 이브의 머리카락에 묶여 있음을 발견했다.

"그건……?"

"빨리도 알아채는군. 선물 받은 거다."

"미안. 좀 정신이 없었잖아. 그런데 선물라면……?"

이브 주위에 몰려들었던 꼬마들이 들고 있던 것이 생각났다. 그저 값싼 끈에 불과했지만 지온은 이브가 상당히 마음에 들어하고 있음을 눈치챘다.

"선물이란 건 마음의 크기지."

"뭔가 어려운 말인데?"

"신경 쓸 것 없다. 그냥 그렇다는 거다."

지온은 피식 웃고는 본격적인 여행의 첫걸음을 내디뎠다. 설레기도 하고 두렵기도 하는 마음이 교차되어 이상한 기분을 만들어냈다.

어쩌면 그동안 타인에게 휩쓸려 살아온 지온이 스스로 설 수 있는 기회가 될 수도 있을 것이다.

이곳은 지구에서는 불가능했던 모든 것이 이루어질 수 있는 저주와 축복을 동시에 받은 땅이었기에.

마을 입구로 나온 지온은 방책을 넘어가자 걸음을 멈춰 서고 다시 뒤돌아보았다. 푸른 하늘 아래 자리 잡은 이 마을의 전경은 너무나도 평화로웠다.

왠지 아늑한 시골집에 있다가 나오는 것 같았다. 마지막에는 귀족 때문에 곤란한 일을 겪을 뻔했지만 잘 해결되었으니 마음은 편했다.

'좋은 곳이었지.'

미지의 세계로 내딛는 발걸음은 두렵기도 했지만 무언가로부터 해방된 것 같은 자유로움도 선사해 주었다. 지온이 멈추어 선 걸음을 옮기려는 때였다.

"지온! 이제 오나?"

"바록?"

간단하게 반창고를 붙인 바록이 큰 배낭을 메고 손을 흔들고 있었다. 등에는 거대한 창이 메어져 있었는데 평소에 주먹을 쓰는 바록이 무기를 휴대하고 있는 것은 처음 보았다.

굉장히 커다랗고 길며 창날마저 거대한 창은 분명 바록에게 잘 어울렸다.

"기다리고 있었다."

"응? 절요?"

"어서 가자고!"

"네?"

바록은 피식 웃으며 주먹을 올려 보였다.

"기사를 묵사발 낼 때부터 결심한 거다. 일단 너를 따라가면 지루하지 않을 것이 분명하다고 말이야."

"지루한 것보다도 상당히 위험할 텐데요?"

"걱정 마! 내가 널 지켜주지! 너도 날 지켜주면 돼!"

간단한 논리로 위험한 일이 해결될 리는 없었지만 지온은 왠지 바록이 뒤에 서준다면 뭐든지 가능할 것만 같았다.

"사나이 바록, 뱉은 말은 꼭 지킨다!"

바록은 성큼성큼 다가와 지온의 어깨에 손을 얹었다.

"그러니까 잘 부탁한다."

지온이 피식 웃으며 이브를 바라보자 그녀가 고개를 끄덕였다.

"바록의 힘이라면 충분히 도움이 될 만하다. 하지만 무조건적으로 지온의 지시를 따랐으면 좋겠군."

"그럼 지온이 대장인 겁니까?"

"그리고 쓸모없는 존칭은 생략해라. 그것이 의사소통에 더 편리하겠지. 지온 너도 마찬가지다."

"그, 그럽죠. 아, 아니, 그래!"

여자에 약한 바록은 황급히 고개를 끄덕였다. 아무래도 이브의 포스에 적응되려면 상당한 시간이 필요할 듯싶었다. 지온은 바록에게 반말을 하는 것이 무척이나 어색했다.

이브의 시선을 받은 바록이 움찔거리며 간절한 눈빛으로 지온을 바라보았기에 어쩔 수 없이 그렇게 할 수밖에 없었다.

"그, 그럼 지, 지온 대장! 뭐든지 명령해라!"

"아⋯⋯."

지온은 얼떨결에 고개를 끄덕였다. 이로써 트레저 헌터 길드 소속이었던 바록이 지온의 일행에 합류하게 되었다.

마을이 안 보일 때까지 걸었다. 지온은 사놓은 지도를 펼치며 머리를 갸웃거렸다.

"그나저나 이쪽이 방향이 맞는 것 같은데⋯⋯."

지온이 지도를 펴며 이브를 보고 말하자 이브도 모르겠다는 표정을 지었다.

"음, 복잡한 그림이군."

바록은 아예 지도 자체를 볼 줄 몰랐다. 여태까지 어떻게 돌아다녔는지 신기할 지경이었다.

"어쩔 수 없지."

지온은 결국 스마트폰을 꺼내 들고 전원을 켰다. 바록이 신기하게 바라보며 호들갑을 떨려 했지만 이브가 조용히 하라는 제스처를 취하자 두 손으로 자신의 입을 막았다.

"음, 맵이 이거군?"

지도라는 어플을 클릭하자 현재 위치가 표시된 지도가 떠올랐다. 카메라로 전환되자 지온은 지도를 가까이 가져다 대었다.

로딩 완료라는 문구와 함께 지도가 화면에 떠올랐다. 손가락을 움직이자 화면 비율이 축소되며 목적지가 보였다. 남부 대륙의 지도는 길드의 자료실에서 넣었지만 이렇게 세세한 지도를 넣지는 않았다.

다른 아이콘을 눌러보자 많은 정보가 떠올랐다.

"과연 대단한 마법 무구로군."

이브가 감탄하자 바록은 입을 떡 벌리고 말았다.

"그 조그만 것에 어떻게 지도가 들어가지?"

"아마 마법이란 것일 테지."

지온이 바록의 말에 그렇게 대답하자 바록은 온몸에 힘을 주며 입을 떼었다.

"골치 아픈 마법이군. 난 그런 것보다는 힘쓰는 일이 좋다."

"앞으로 힘쓰는 일을 모두 맡으면 되겠군."

"음! 맡겨둬!"

이브의 말에 호기롭게 외치는 바록이었다.

지온과 이브는 바록이 느끼기에 다정히 서서 스마트폰을 바라보고 있었다. 그 모습은 한 폭의 그림이라 생각해도 될 만큼 아름다웠다.

　바록은 이브가 지온의 아내라 생각하고 있었다. 들은 이야기가 있었고 다른 짝을 결코 생각할 수 없을 정도로 지온과 이브의 모습은 정말 잘 어울렸기 때문이다.

　화려한 푸른 머리의 미남자와 천상의 미를 간직한 아름다운 검은 머리카락의 여인. 어두워 보일 수도 있는 그녀의 모습이 지온과 있으면 오히려 같이 화사하게 빛이 났다.

　미에 둔감한 바록조차도 그렇게 생각할 정도이니 다른 사람이 보면 어떠할까?

　"그럼 지온, 어디로 갈 예정인가?"

　"철의 도시. 그곳으로 갈 생각이야."

　"음! 마침 잘되었군. 그곳에 옛 지인이 있다. 정말 사내다운 호쾌한 남자지!"

　지온은 그 말에 바록을 바라보았다.

　"그럼 가는 길을 알겠군?"

　"아는 것도 같고 모르는 것도 같다."

　"무슨 말이지?"

　바록은 턱에 손을 얹고는 곰곰이 생각하더니 입을 떼었다.

　"예상 시간보다 한 달 정도 지난 후에 도착하더군."

　"…길치네."

　"하지만 결국 도착할 수 있었다. 몇 번 죽을 뻔했지. 유쾌한 경험이었다."

지온은 바룩이 길을 찾는 데 별 도움이 안 될 것이라 판단
했다. 그 판단은 매우 정확했다.

　"근데 이 움직이는 붉은 점들은 뭐지?"

　지온의 눈에 이 근처는 아니지만 좀 멀리 떨어진 곳에 뭉쳐
있는 붉은 점들이 보였다. 살아 있는 생명체처럼 모여서 움직
이고 있었다.

　"짐승들인가?"

　지온의 말에 이브는 살짝 고개를 저었다.

　"붉은색은 위험을 뜻하지. 아마 몬스터일 것 같다."

　"몬스터라면 그 구울 같은?"

　"이런 산중에 그런 걸어 다니는 시체가 있을 리 없지. 아마
다른 종류일 거다."

　지온은 다른 종류의 몬스터가 도대체 무엇인지 상상조차 할
수 없었다. 다만 그런 끔찍한 것이 아니기를 바라고 있었다.

　지온은 스마트폰을 바라보고는 철의 도시로 가는 안전한
길을 찾았다.

　"제대로 된 길이 있기는 한데, 여기서 좀 떨어져 있네."

　"제대로 된 길을 거치지 않아도 상관없지 않나? 네 수련을
위해서는 그러는 편이 좋다."

　"수련이라……."

　지온은 작게 숨을 내쉬었다. 강해져야 하는 필요성을 이미
확실히 느끼고 있는 지온이었다. 지온 스스로도 육체적으로

나 정신적으로나 지금 이대로는 안 된다는 것을 아주 잘 알고 있었다.

지온이 성장할수록 그와 맞추어 성장하는 이브였으니 지온만 제대로 훈련하면 모든 것이 분명 순조로워질 것이다.

"음, 수련인가? 그렇다면 저 산을 넘어보는 것이 어때?"

"저 산이라면?"

바록이 손을 뻗어 가리킨 것은 거대한 돌산이었다.

"예전에 수련을 위해서 몇 번 넘어 다닌 적이 있지."

"…왠지 바록의 힘의 원천을 알 것 같은 느낌이 들어."

여러 개의 돌 봉오리가 솟아 있는 거대한 산맥은 그야말로 장관이었다. 그중 제일 높은 봉우리는 하늘에 닿을 듯 높게 뻗어 있었고 경사는 거의 직각에 가까웠다. 날카로운 돌이 솟아 있는, 마치 바늘들의 산처럼 보였다.

"바록, 좋은 말을 해주었다."

이브는 바록의 말에 크게 만족하며 입가에 웃음을 지었다.

"분명 방금 그 지도를 볼 때 저 산맥을 가로질러 가면 철의 도시와 가장 가까운 도로로 갈 수 있었지."

이브는 지온의 말에 몸이 굳어졌다. 확실히 이브의 말이 맞았다. 시간을 무척이나 단축시킬 최단 코스가 바로 눈앞에 있는 것이다.

지온은 무척이나 불길한 느낌에 휩싸였다.

"빨리 갈 수 있고 수련도 할 수 있으니 그야말로 최적의 코스가 아닌가.”

“이브, 하지만 저 돌산을 맨몸으로 넘겠다고?”

“넘는 것은 내가 아니지. 너와 바록이다.”

지온은 멍한 표정을 지었고, 바록은 입을 크게 벌리며 웃음을 내뱉기 시작했다.

“하하하! 좋아! 지온, 수련이다! 누가 먼저 저 돌산 꼭대기에 오르는지 내기다!”

“아니, 바록, 지금 그런 소리 할 때가…….”

“좋아! 돌격!”

신이 난 듯 바록이 횡하니 달려나가 버렸다.

“자, 지온, 빨리 가도록 하지.”

“다시 생각해 볼 수는 없는 거지?”

“물론. 다 너를 위한 일이다. 감내해라.”

바록의 뒤를 따르는 이브를 보며 지온은 두 손으로 얼굴을 한차례 감쌌다. 이미 엎질러진 물이다. 그는 긴 한숨을 내쉬고는 이브의 뒤를 따르기 시작했다.

제7장
철의 도시 메로칸

SAVER
섬광의
세이버

"아, 힘들다. 죽을 것 같아."

"하하, 지온, 남자가 돼가지고 벌써 지치면 쓰나!"

"네가 이상한 거야."

바록의 말에 지온은 고개를 설레설레 내저었다. 이런 무식한 방법으로도 잘도 멀쩡히 살아 있는 것이 신기할 지경이다.

산맥을 그대로 관통하여 가로지른 덕분에 생각보다 일찍 철의 도시 메로칸의 모습을 볼 수 있었다. 거리상으로 이틀 정도 걸리리라 예상했지만 하루 만에 도착하리라고는 상상하지 못했다.

신체 능력을 키운다는 이유로 무작정 산맥을 가로지르고

절벽에서 뛰어내리는 등의 기행을 몸소 했기에 당연한 일이었다. 덕분에 지온은 온몸이 쑤셔 죽을 맛이었다. 방어복이 신체 능력을 늘려주지는 않았고, 근육통을 억제해 주지도 않았으니 말이다.

'괴물……'

지온은 오직 자신만 이렇게 지쳐 있는 것 같아 억울함을 느꼈다. 이브야 마법을 써서 쾌적한 여행을 했다지만 바록은 맨몸으로 그것을 버텨내는 것도 모자라 즐기는 눈치였다.

"호오, 저것이 철의 도시인가?"

이브가 감탄성을 내뱉을 정도로 상당히 웅장했다. 대도시 클래스에는 전혀 미치지 못하는 크기지만 지온이 보기에는 무척이나 거대했다. 큰 건물은 지구에도 존재했지만 특유의 웅장함은 절대로 따라올 수가 없었다.

철의 도시란 이명답게 높게 솟아오른 탑과 여기저기에서 피어오르는 연기구름은 과거 만화에서나 봤을 법한 풍경을 연출해 주었다.

지온이 처음 정신을 차렸던 던전의 근처 산맥들은 모두 다양한 광물들의 보고였다. 대륙을 가로지르는 강도 있고, 지형 조건도 상당히 좋아 대장장이들이 아예 이곳에 머무르기 시작하면서부터 탄생된 것이 바로 메로칸이었다.

역사로 따지자면 상당히 유구하다고 볼 수 있었지만 그 외관은 현대적이라 할 수 있을 정도로 세련되어 보였다.

"대단해. 내가 정말 다른 세계에 떨어졌구나."

이곳이 정말 이계라는 것을 몸소 느끼는 지온이었다. 이런 대단한 풍경은 지구 그 어느 곳에서도 볼 수 없을 것이다.

"자, 움직이자."

잠시 넋을 잃었던 지온이 정신을 차리며 말하고는 걸음을 떼었다.

도시로 들어가는 문은 크게 개방되어 있었다. 경비는 삼엄한 편이었다. 신분 확인도 철저히 하는 모습에 살짝 시간이 지체되었다.

도시 사람들은 외부에는 잘 안 나오고 있었지만 도시 안에서는 대체적으로 평화롭게 지내고 있었다. 여기저기 이 도시의 주인을 칭송하는 노랫소리가 가득했다.

도시 안으로 들어온 지온은 멍하니 서서 시선을 빼앗길 수밖에 없었다.

"우와!"

키가 작은 난장이의 무리가 보였고, 고양이 귀를 한 여자들도 있었다. 인간뿐만 아니라 지온으로서는 처음 보는 이종족들이 거리를 가득 메우고 있었는데, 그 광경이 무척이나 신기하게 다가왔다.

"굉장해."

"흐음, 수인족들이군."

"음? 이브, 저들을 알고 있어?"

이브는 지온의 말에 살짝 고개를 끄덕였다.

"본래는 마수에서 파생되어 나온 약자들이다. 나는 저들이 멸종하리라 생각했지만, 강자들이 멸종하고 저들이 번영하다니 참으로 기구한 운명이군. 어쩌면… 살아남은 저들이 강자일지도 모르겠어."

"뭐……."

씁쓸해 보이는 이브의 표정에 지온은 딱히 해줄 말이 떠오르지 않았다.

아마 이들이 멸종하지 않은 이유는 인간과 닮아서 그럴 거라고 지온은 생각했다. 혐오감이 들지 않는 모습, 아니, 오히려 인간들의 기준에서는 상당히 미형인 저들의 모습은 경계심을 풀게 만드니 말이다.

일부 수인족을 노예로 부리는 국가가 있다고 하니 지온은 안타까운 마음을 감출 수가 없었다. 인간이란 존재는 지구나 여기나 똑같은 성향을 지닌 것 같았기 때문이다.

"지온, 관광은 나중에 하지. 우리는 해야 할 일이 있지 않나?"

"그래. 솜씨 좋은 대장장이를 찾아서 배터리를 교체하는 거지."

"그것만 된다면 불안한 전투 능력이 어느 정도는 해소되겠군."

지온은 고개를 끄덕이고는 수인족들에게 눈이 팔려 있는

바록을 붙잡았다.

"에, 엘프도 좋지만 역시 묘족들이······."

"바록, 그러다 변태로 몰린다고."

"남자가 변태인 것이 어떠하단 말인가!"

지온은 머리를 감싸 쥐었다.

"그래, 다 좋은데 그런 말을 그렇게 큰 소리로 외치지만 말아줘."

"으어! 오랜만에 오니 피가 솟구치는군! 지온, 나는 이곳에 볼일이 있다! 일이 끝나고 푸른 들꽃 여관에서 만나기로 하지!"

코에서 콧김까지 뿜으며 말하는 바록을 멈추게 하기란 무리로 보였다. 이브마저 혀를 차며 고개를 저었다. 지온은 전속력으로 사라진 바록은 일단 신경 쓰지 않기로 했다. 어디가서 맞고 다닐 사람은 아니니 말이다.

"그럼 일단 제일 중심가로 가볼까?"

매끄러운 하얀 돌로 반듯이 잘 닦여진 도로를 걸었다. 아름다운 건축물과 여러 동상들이 즐비해 있었는데, 현대의 건물과 견주어도 결코 뒤떨어지지 않았다. 마법이라는 독특한 학문이 겸비되어 독자적으로 발달한 대륙의 문명이었다.

지온은 상점가가 밀집한 곳을 지나다가 음식점 앞에서 앞치마를 두르고 있는 소녀에게 다가갔다.

"저기, 말씀 좀 묻겠습니다."

"아! 어서 오세요, 손님! 사과 파이가 단돈 10쿠퍼! 크기도 영양도 풍부한 메로칸의 자랑이랍니다!"

지온은 파이를 사러 온 것이 아니라고 말하려다가 이브가 자신의 팔을 잡아당기는 것을 느꼈다. 고개를 돌려보니 이브의 시선은 맛있어 보이는 파이에 꽂혀 있었다.

"후, 일단 하나 주세요."

"네, 감사합니다, 손님! 과일 주스를 서비스로 드릴게요!"

사과 파이와 과일 주스를 이브에게 건네고 지온은 소녀를 바라보며 입을 뗴었다.

"혹시 솜씨 좋은 장인이 있는 곳을 알 수 있을까요?"

"철의 도시 메로칸에서 자리 잡은 드워프 모두가 솜씨 좋은 장인이죠! 그중에서도 허풍쟁이 이리스가 가장 솜씨가 좋긴 하지만……."

"허풍쟁이요? 솜씨가 가장 좋은데 왜 허풍쟁이입니까?"

"그게… 허황된 말만 하거든요. 성격도 괴팍하구요."

지온은 고개를 끄덕였다. 허풍쟁이 이리스의 이름이 거론되자 주위에 있던 사람들이 피식 웃으며 한마디씩 거들기 시작했다.

"여행자인가? 그 처자는 안 만나는 게 좋을 거야."

"뭐, 여기서도 눈에 팍 띄어서 찾아가기는 쉬울 테지만."

"폭발음과 함께 연기가 치솟는 곳으로 가보라고."

"아, 감사합니다."

지온이 감사의 인사를 건네자 다들 피식 웃으며 고개를 설레설레 내저었다. 토박이 사람들로 보였는데, 다들 허풍쟁이 이리스란 드워프를 우습게 생각하는 것으로 보였다.

"우물우물… 자고로 천재는… 우물… 범인의 눈에는 허풍쟁이로… 우물… 보일 수도 있는 법. 음, 괜찮은 맛이다."

"벼, 벌써 다 먹었어?"

"양이 좀 적군."

혼자 먹기에는 많은 양으로 보였지만 지온은 차마 그렇게 말할 수 없었다.

"그나저나 멀리서도 눈에 띈다고 했는데……."

콰앙! 푸쉬이이익!

"아……!"

굉장한 폭발음과 함께 하늘로 치솟는 연기가 보였다. 놀랄 만도 한데 주위 사람들은 당연하다는 듯이 하늘을 바라보고는 다시 고개를 돌릴 뿐이었다.

"또 시작이군."

"이번엔 죽지 않았을까?"

"몸은 참 튼튼한 드워프라니까."

지온은 눈을 깜빡이다가 연기가 치솟은 방향으로 가기로 결정했다. 가장 솜씨가 좋다는 장인이니 어쨌든 라이트 세이버의 문제를 해결할 가능성도 컸다.

연기가 치솟는 곳은 다른 공방들이 밀집해 있는 지역에 비해 동떨어진 곳이었다. 주위를 둘러보며 걷자 어느새 이리스의 공방이 있는 곳에 도달할 수가 있었다.

"음, 여기가 확실하군."

이브의 말대로 확실한 이리스의 공방이었다. 튼튼하게 지은 사각형 건물에 지붕이 휑하게 뚫려 있었고 시커먼 연기가 솟구치고 있었다.

끼익— 털썩!

문이 열리더니 무언가 바닥에 떨어져 부딪치는 소리가 났다. 지온이 가서 보니 귀가 뾰족한 꼬마 하나가 바닥에 얼굴을 바닥에 처박고 있었다.

"죽은 건가?"

"그런 섬뜩한 말 하지 마, 이브."

지온은 이리스로 추정되는 꼬마에게 가까이 접근해 무릎을 굽히고는 손을 뻗어 찔러보았다.

"으, 으으……."

"괘, 괜찮아요?"

"으, 제길, 거의 다 성공했는데……."

목소리는 미성이었다. 어린 소녀의 것으로 추정되는 목소리에 지온은 살짝 놀랐다. 이리스의 이름이 여성스럽긴 하지만 가장 솜씨 좋은 장인이 이런 꼬마 여자일 줄은 생각도 하지 못했다.

"이, 이브, 드워프라는 거, 막 털이 덥수룩한 난쟁이 아니었어?"

"음, 땅의 종족은 보통 남성체가 그러하지."

"그, 그런가? 역시 지구의 상식은 통용되지 않는 것인가."

반지의 제왕 같은 판타지 영화를 꽤나 본 지온의 상식을 깨버리는 놀라운 장면이었다. 드워프 하면 덥수룩한 붉은 수염에 근육 덩어리 난쟁이가 당연한 것이 아닌가!

"으, 무, 물 좀……."

"아, 여기……."

"꿀꺽! 꿀꺽!"

이리스는 떨리는 손으로 지온이 내민 물병을 잡고 물을 들이켜기 시작했다.

"크, 하! 살았다!"

"…회복이 참 빠르군."

갑자기 벌떡 일어나서 기분 좋게 만세를 외치고 있는 이리스였다.

"응? 근데 당신은 누구?"

"혹시 당신이 장인 이리스입니까?"

"음, 맞아. 내가 이 대륙 제일가는 장인! 드워프의 정점 이리스다!"

지온의 키 반밖에 안 오는 꼬마가 위엄 있는 목소리를 내보았자 귀여울 뿐이지만 일단 지온은 손님의 입장이니 최대한 공손하게 대하기로 했다.

"물건 제작 때문에 왔는데 괜찮겠습니까? 공방이 저런데……."

"제작? 물건? 오, 이 얼마만의 의뢰란 말인가."

눈을 빛내며 지온을 바라보는 이리스의 모습은 뭔가 대단히 믿음직스럽지 못했다.

'드워프란 거, 다 이런 건가?'

밝은 갈색 머리카락이 넘실거렸다. 얼굴에는 검은 때가 묻어 있었지만 뽀얀 피부라는 것을 알 수 있었다.

"일단 들어와!"

연기가 치솟는 공방으로 들어간 이리스. 그녀를 따라 들어가자 매캐한 연기가 코끝을 찔러왔다. 이리스가 버튼을 누르자 기계 돌아가는 소리와 함께 연기가 밖으로 빠져나갔다.

"으, 으악! 프레하돈님의 초상화가!!"

눈이 튀어나올 만큼 놀라며 허겁지겁 옷으로 초상화를 문대기 시작했다. 지온이 자세히 초상화를 보자 지온이 생각했던 전형적인 드워프의 모습이 보였다.

조그마한 키에 붉은 수염, 거친 인상의 늙은 노인의 모습. 지온은 눈만 깜빡이며 어떤 말도 내뱉을 수가 없었다. 정상적인 인간의 관점에서는 상당히 못난 얼굴이었다.

"흐, 흠! 너도 우리 프레하돈님의 자태에 반한 거야?"

"아니요. 딱히……."

"이 늠름한 모습! 꺄악! 나는 지금 죽어도 여한이 없어! 이

걸 구하기 위해서 북부 대륙까지 갔다 왔어! 이거 무려 한정 판이라구!"

"아, 그러세요?"

지온은 살짝 한숨을 쉬며 의자에 털썩 주저앉았다. 이브는 하품까지 하며 벽에 등을 기대더니 꾸벅꾸벅 졸기 시작했다.

그녀의 초상화 자랑이 끝날 기미가 안 보여 잽싸게 말을 잘 랐다.

"좀 어려운 제작인데 가능합니까?"

"응? 날 무시하는 거야? 난 장인들의 정점이라구! 그래, 무 슨 물건을 제작하려고 하는데?"

"이것입니다."

지온은 라이트 세이버를 내밀었다.

"이건? 오, 신기한 구조네. 무슨 용도야?"

"잠깐 뒤로 좀⋯⋯."

이리스가 물러나자 지온은 라이트 세이버의 버튼을 눌렀 다.

부웅!

"꺄악!"

화려하게 치솟은 백색의 섬광이 이리스를 뒤로 놀라 자빠 지게 만들었다.

"마, 마스터?"

지온은 라이트 세이버에 대해 설명한 후 배터리를 분해해 보여주었다.

"이, 이런 기술력이 있다니! 엄청나다 못해 입이 떡 벌어질 지경이야! 이거 어디서 구했어? 응?"

"고대 던전에서 구했습니다만……."

적당히 둘러말하자 이리스가 미심쩍은 눈빛으로 지온을 바라보았다.

"그래서 이 에너지원을 교체하고 싶다는 거지? 되도록 영구적으로 쓸 수 있게?"

"그렇습니다."

"음, 이 물건 자체는 내 역량을 뛰어넘는 거지만 이 에너지원이라면 마정석으로 어떻게든 할 수 있을 것 같긴 해."

지온은 이리스를 바라보았다.

"정말 할 수 있겠습니까?"

"근데 이거 내가 좀 살펴보면 안 될까? 이 기술력이라면 내 꿈을 이룰 수도 있겠어!"

"꿈이요?"

이리스는 크게 고개를 끄덕였다. 그러더니 휑하게 뚫린 지붕을 손가락으로 가리켰다.

"나는 저 달과 태양에 갈 거야!"

"네?"

"가서 태양석과 월석을 막 가지고 와서 부자가 될 거라구! 태양석 주먹만 한 것만 있어도 한겨울에 난방 걱정하지 않고 평생 살 수 있어! 게다가 엄청난 고급 무구들 제작이 가능하지!"

지온은 비로소 이리스가 왜 괴짜 취급 받는지 이해가 되었다. 이 행성 밖으로 나가겠다니, 지온으로서도 허황되게 들리는 이야기였다.

우주 밖으로 나가는 일은 어려울 뿐더러 나가서 제대로 생존하리라고는 볼 수 없었다. 그 점은 지구에서 온 지온이 장담할 수 있었다.

"이 막대한 에너지를 일순간 뿜어내는 기술을 알 수 있으면 그것은 꿈만이 아니야! 어때, 동업하는 것이?"

"됐습니다. 그리고 이건 빌려줄 수 없군요."

"에에엑! 왜!!"

지온은 이리스에게 라이트 세이버를 건네주었다. 그것을 받아 들자마자 순식간에 라이트 세이버가 바닥에 떨어져 버렸다.

이리스가 아무리 들려고 해도 도저히 들려지지가 않았다. 신기하게도 지온의 물건은 타인의 손을 거부했다. 영혼으로써 연결되어 있는 이브조차도 제대로 다루지 못할 정도로 말이다.

"에고 소드야?"

"아마도 그렇겠지요. 만들 수 있겠습니까?"

"음, 재료만 충분하다면 만들 수 있겠지만 지금 당장은 무리일걸."

이리스는 살짝 얼굴을 굳히며 말을 잇기 시작했다.

"이 근처에 실종 사건이 빈번하고, 웬일인지 몬스터들이 많아져서 광산에 들어갈 수가 없어. 이 정도 물건에 들어갈 마정석이라면 광산 중심까지 들어가야 나오는데⋯⋯."

"실종 사건이라⋯⋯."

"엄청 위험하다구. 하지만 난 무섭지 않아!"

마을에서 나누었던 이야기가 떠올랐다. 걸어서 삼 일 정도의 거리였지만 이곳에서도 그런 사건이 일어나는 모양이다.

"말을 끝냈는가?"

"아, 이브."

잠에서 깬 이브가 벽에서 등을 떼고는 지온 쪽으로 걸어왔다.

"재료만 구하면 만들 수 있는가, 땅의 종족?"

"아, 네!"

이브의 시선에 움찔하며 존댓말을 내뱉는 이리스였다. 이리스는 자신도 모르게 눈앞에 있는 아름다운 여자에게 압박감을 느끼고 있었다.

"이, 이 도시의 그 누구도 못 만들어! 마정석을 다듬는 기술은 땅의 유지를 이은 위대한 장인인 나⋯⋯."

"그렇다면 재료를 구해 오마. 너는 만들어라."

"네, 네!"

이리스는 이브의 눈치를 보다가 지온의 뒤에 숨었다. 여간 이브가 무서운 것이 아닌 모양이다. 원인을 모르는 그녀의 행동에 살짝 머리를 갸웃한 지온이었다.

"그럼 대금은……."

"대, 대금 대신 조건이 있어!"

"조건?"

"으, 웅! 그건 물건을 만들고 알려줄게!"

미심쩍기는 하지만 그다지 나쁜 드워프는 아닌 것 같고 다른 방법도 없는 것 같으니 일단 승낙을 한 지온이었다.

"지온, 가자. 일단 밥부터 든든하게 먹지."

"웅? 아직 밥 때는 이른데……."

"계집아이 같은 소리를 하는군. 배는 언제나 불러야 하는 것이다."

지온은 피식 웃으며 고개를 설레설레 저었다. 돈이 많기는 하지만 하루빨리 식비를 충당할 무언가를 찾아야 할 것 같은 예감이 든 지온이었다.

멀어져 가는 지온과 이브를 바라보던 이리스는 손을 흔들며 입을 떼었다.

"조, 조심해! 광산은 정말 위험해!!"

지온은 살짝 손을 흔들어주었다.

바록이 푸른 들꽃 여관으로 오라고 했으니 일단 그곳으로

갔다. 구체적으로 모일 시간은 정하지 않았지만 일단 그곳에서 바록을 기다리기로 한 것이다.

"음? 바록 아닌가?"

반듯하게 세워진 여관 건물 앞에서 여자들 앞을 기웃거리는 바록이 보였다. 지온은 살짝 한숨을 쉬고는 바록에게로 다가갔다.

"바록."

바록은 최대한 부드럽게 웃고 있었다. 자신의 생각으로는 멋들어지게 웃는다고 한 것이지만 여자들이 보기에는 협박용 미소로밖에 보이지 않았다.

지온의 눈에 여자들이 겁을 먹고 있는 것이 확연히 보였다. 지온은 단번에 이 상황이 무슨 상황인지 깨달았다. 바록이 멋진 표정으로 헌팅을 하려 했지만 여자들은 겁을 먹고 차마 거절하지 못하고 있는 것이다.

"그만두는 것이 어때?"

"……음?"

아무래도 더 진행되었다가는 신고라도 당할 것 같아 지온이 다가가 바록을 말리기 시작했다.

"도, 도와주세요, 기사님!"

"저, 저 이상한 남자가 저희를…….."

"요즘 출몰한다는 납치범이 틀림없어요!"

지온의 정신이 살짝 멍해졌다. 그와 동시에 바록의 눈에 초점이 점점 사라졌다. 어느새 여자들은 지온의 뒤에 딱 붙어 있었다.

모두 얼굴을 붉히고 있었는데, 그녀들의 눈에는 지금 지온의 모습밖에 들어오지 않았다.

부드럽게 일렁이는 푸른 머리와 깔끔해 보이는 검은 제복은 상당히 잘 어울렸다. 대도시에서도 보기 힘든 미남자의 모습에 호감을 갖지 않는 것이 오히려 더 이상했다.

'아, 도대체 무슨 짓을 한 거야, 바록?'

바록의 눈에는 빛조차 비치지 않는 것 같았다. 영혼마저 떠나간 것처럼 혼이 없어 보였다. 충격이 상당한 모양이다.

"지온, 여자들과 시시덕거릴 때가 아닐 텐데?"

"자, 잠깐, 이브!"

이브가 끌고 가는 지온의 모습을 얼굴을 붉히며 바라보는 여자들 사이로 바록의 축 처진 어깨만이 처량하게 빛나고 있었다.

여관 안으로 들어온 지온은 테이블에 얼굴을 박고 있는 바록을 바라보다가 이브가 주문하는 모습을 보고 정신이 화들짝 들었다.

"소, 손님, 저, 정말 이걸 다 드시는 겁니까?"

"물론이다. 부족해 보이는가?"

"아, 아닙니다."

어정쩡하게 점원이 물러났다. 신나게 식사를 시작하는 그녀의 모습에 피식 웃고는 지온은 바록의 어깨를 툭툭 쳤다.

"바록."

"비참한 모습을 보였군, 지온."

"음, 뭐라고 해야 할까. 그… 여기 여자들은 사람 보는 눈이 없네. 하하하!"

지온이 이브를 툭툭 치며 눈치를 주자 이브는 망설임 없이 입을 떼었다.

"그렇군. 이곳 여자들은 우월한 유전자를 지닌 인간을 알아보지 못하는 것 같다. 단지 트롤보다 조금 더 나을지도 모르는 바록의 외관을 혐오스러워하며 진가를 알아보지 못하는군."

"아……."

지온의 귀에는 이브의 위로가 절대로 위로로 들리지 않았다.

"그, 그렇지! 나의 진가는 이럴 리 없지!"

하지만 왜인지 바록은 금세 회복하더니 호탕한 웃음을 내뱉기 시작했다.

"근데, 바록, 광산으로 갈 건데 가본 적 있어?"

"음, 예전에 가본 적이 있지. 마을 앞에 있는 산맥은 모조리 다 광맥이라 뚫어놓은 곳만 해도 수십 개야."

"중심부까지 들어가야 하는데?"

"그럼 중앙 돌산을 지나가야겠군."

지온은 고개를 끄덕였다. 마침 그때 아주 많은 음식이 테이블에 차곡차곡 진열되기 시작했다. 지역 특산물이라는 것부터 정체를 알 수 없는 눈알 수프까지 다양했다. 바록의 식성도 이브 못지않아 얼마 되지도 않았는데 테이블에는 빈 그릇만 남았다.

교양 있게 냅킨으로 입술을 닦는 이브의 모습이 마치 자신은 이 광경과 아무런 관계도 없다는 듯 말하는 것 같았다.

"음, 든든하군. 그럼 이제 출발해 볼까?"

"근데 지온, 중앙 광맥까지는 왜 가는 거지?"

"무기를 고쳐야 하거든."

"아, 그 막대기 말인가? 음, 그냥 검을 들면 되지 않나?"

"나도 사정이 있거든."

바록은 머리를 긁적이다가 고개를 끄덕였다. 딱히 바록은 지온의 무기에 대해 알려고 하지 않았다. 그저 지온이란 인간 자체를 믿고 있을 뿐이었다.

지온 일행은 바로 중앙 광산으로 향했다. 경비들이 외출을 말렸지만 바록의 모습을 보자 겁을 먹고 물러났다. 바록은 여자뿐만 아니라 남자들에게도 겁을 주는 외형이었다.

메로칸의 경비들은 보통 이상으로 많기는 하지만 그렇다고 그렇게 삼엄한 편은 아니었다. 주변에서 납치 사건이 빈번하게 일어나는 것치고는 그러했다.

일반 평민 아이들이나 여성들이 주로 타깃이었고 귀족 관리들도 그다지 중요하게 생각을 하지 않고 있었기에 더더욱 그러했다.

귀족들에게 있어서 일반 평민 몇 십 명쯤 사라져도 그리 큰 문제가 되지 않았다. 다만 도시 이미지를 생각해 소극적으로나마 움직이는 것이 다였다.

"이쪽이군."

도시와 광산은 꽤나 가까워 육안으로도 확인이 가능했다. 다만 방해되는 것은 광산 앞에 있는 울창한 숲이었다.

광산에 가까워질수록 나무는 더더욱 거대해지고 색이 짙어졌다. 그 굵기만 하더라도 두 사람이 안을 수 없을 정도로 거대했으니 그 길이는 짐작도 되지 않았다.

한국에서는 본 적도 없는 식물과 꽃이 지온의 시선을 빼앗았다.

"늘 느끼는 거지만 공기는 좋군."

활력이 충전되는 것 같은 상큼한 공기였다. 지온은 이따금씩 나무들 사이로 불어오는 바람이 제법 상쾌하게 느껴졌다.

"이런 숲 속에 엘프들이 산다는 것 같던데?"

지온이 그렇게 말하자 이브는 살짝 고개를 저었다.

"그 초식 종족들은 이런 숲에 살지 않는다. 더욱 깊은, 마치 늪과도 같은 숲 속에 모여 살지. 재수없게 음침한 놈들이다."

"그래? 한번 보고 싶군."

지온의 대답에 이브는 살짝 인상을 찡그렸다. 그러다가 고개를 돌리고 앞서 걷기 시작했다.

"지온, 엘프들은 엄청 예쁘다던데?"

"바록도 본 적이 없어?"

"음, 소문으로만 들었지. 제이란이 본 적이 있다고 하는데, 시간이 가는 줄도 모르고 쳐다보았다더군."

지온은 피식 웃었다. 전혀 그러지 않을 것 같은 제이란마저 넋이 나갈 정도이니 그 미모는 정말 대단할 것이다. 하지만 이브보다 더 아름다우리라고는 생각하지 않았다. 지온이 판단할 수 있는 미의 기준에서는 이미 극점에 달해 있는 이브였기 때문이다.

"나 바록, 그 이야기를 듣는 순간부터 원대한 꿈을 꾸었지. 그건 바로……."

"엘프를 꼬시겠다고?"

"음, 어떤가, 지온? 함께하겠나?"

지온은 어이없는 표정을 짓다가 너무나도 진지한 눈빛의 바록 때문에 살짝 한숨을 내쉬었다. 이브가 힐끔 자신을 바라보는 것이 보였다.

지온의 대답이 궁금한 모양이다.

"안타깝게도 나는 그런 원대한 꿈이 없다네."

"아쉽군. 하지만 이해한다."

"뭘?"

"사나이라면 상황에 따라 포기해야 하는 일도 있는 법이지."

이브를 힐끔 본 바록은 눈물마저 흘릴 듯한 표정을 짓다가 지온의 두 어깨를 두드려 주었다. 지온은 그 의미를 잘 이해할 수 없었다.

"지온, 저 앞에 돌산이 보이는군."

"아, 저것만 넘어가면 중앙 광산이야. 아무래도 돌아가는 편이 좋겠……."

"음, 등산 준비를 하도록."

이브는 가차없이 지온의 말을 잘라 버렸다.

"등산을 하다니? 어딜?"

지온의 물음에 이브는 손가락을 펴서 아무렇지도 않게 공중을 찔렀다.

이브가 손가락으로 가리킨 곳에는 구름을 찌르는 거대한 돌산이 솟아 있었다. 나무들 사이로 그 위용을 드러내고 있는 돌산의 모습은 가히 절경이라 부를 만했다. 하지만 지온의 눈에는 그런 것보다도 가파르고 날카로운 돌들만 보였다.

"저건 등산이라기보다는 암벽 등반인데?"

"잘되었군. 좋은 훈련이 될 것이다."

이브의 단호한 표정에 지온은 한숨을 내쉬었다. 저런 표정을 지으면 어떤 말도 먹히지 않음을 잘 알고 있었기 때문이다. 그렇다고 이브의 말을 듣지 않기에는 그 후가 더욱 두려 웠다.

'음, 방어복이 있어 다칠 염려는 없지만 그래도 결코 떨어 지고 싶지는 않아.'

그 아찔함에 심장마비로 죽을지도 모르는 일이다. 고소공 포증 같은 것이 있는 건 아니지만 지온은 번지점프도 해보지 않은 평범한 사람이었다.

"오! 지온, 죽은 보석의 돌산을 오르는 건가?"

"저게 그런 이름이야?"

"음, 원래는 막대한 보석이 매장되어 있는 돌산이었다는 데, 무슨 이유로 쓸모없는 돌산으로 변해 버렸다더군."

스마트폰을 켜 지도를 참고해 봐도 제일 빠른 길은 역시 저 돌산을 넘어가는 것이었다. 돌산만 넘어간다면 바로 앞에 거 대한 중앙 광맥이 있었기 때문이다.

마치 광맥들을 보호하는 것처럼 서 있는 돌산을 거치지 않 고 우회해서 가도 되지만 이브의 고집을 꺾을 수는 없었다.

'노, 높긴 높네.'

지온은 침을 꿀꺽 삼키고 말았다.

"하하, 쫄았나, 지온!"

"누, 누가 쫄았다고 그래?"

"남자라면 가뿐하게 넘어야지!"

바록이 온몸에 힘을 주자 옷이 터질 듯 부풀어 올랐다. 지온은 바록의 근육이 부럽기는 하지만 한편으로는 저렇게 많은 근육이 필요할까 하는 생각이 들었다.

확실히 바록의 근육은 마치 갑옷을 연상시켰다. 이브는 그것이 강해 보인다고 마음에 드는 눈치였다.

지온은 하는 수 없이 무거운 걸음을 옮길 수밖에 없었다.

"도착했군. 여기까지 오는 도중 몬스터를 만나지 않은 것이 아쉽다."

"아니, 이것만으로도 충분히 벅차."

이브의 말에 지온이 고개를 내저으며 말하자 이브는 팔짱을 끼며 지온을 바라보았다.

"그런 정신은 좋지 못하다. 성장하는 데 독으로 작용할 뿐이다."

"그래?"

"마음에 안 드는 대답이지만 넘어가 주도록 하지."

거의 직각으로 서 있는 돌산의 끝을 가늠해 보았다. 잘은 모르겠지만 굉장히 높다는 것만은 분명해 보였다.

"자! 시작해 볼까?"

바록은 등에 멘 가방을 두 손으로 쥐더니 하늘로 높이 던졌다. 가방이 돌산 어디엔가 걸려 떨어지지 않자 씨익 웃더니 돌산으로 진격하기 시작했다.

땅을 박차고 빠르게 직각에 가까운 돌산을 오르기 시작했다.

"괴물이군."

딱히 손으로 잡을 공간이 없을 경우에는 손으로 돌을 부수어 만드는 모습은 가히 괴물이라 부를 만했다.

"헐크가 저러할까?"

녹색으로 칠해놓으면 헐크라 착각할 것도 같다.

"지온, 위에서 기다리겠다."

이브가 마력을 움직여 몸을 공중에 띄우기 시작했다. 마법이라는 것으로 누구보다 편하게 올라갈 수 있어 보였다. 그런 편리한 마법의 티끌조차 모르는 지온은 어쩔 수 없이 몸이 고생하는 길을 택해야만 했다.

"부디 떨어지지 않기만을……."

높은 곳에서 떨어지는 것은 정말로 끔찍하니 말이다.

이브는 천천히 날아오르며 지온을 바라보았다. 지온이 조금 더 성장해 주었으면 하는 바람이 담겨 있는 눈빛이었다. 이런 무모함에 가까운 짓이 얼마만큼 도움이 될지는 모르지만 지금의 지온은 이브가 보기엔 너무나도 물러 터졌다.

구울과 싸우고 트롤과 싸우는 모습, 과감한 행동들은 나약하다고 할 수는 없었지만 그것뿐이었다.

'다음 휴식의 종말이 올 때는 그것과 마주쳤을 때겠군.'

휴식의 종말은 마치 뱀처럼 고약했다. 본래는 훈련을 위한 마법이라 성장의 틈 사이에 적절하게 끼어들어 그 성장을 증폭시키는 역할을 하는 것이지만 용족들이 모든 것을 걸고 변형시켜 성장의 틈, 자신의 나약함과 모자람에 직면했을 때 아예 정신을 부수어 버리는 고약한 마법이 되었다. 이브의 존재가 있기에 지온이 붕괴될 가능성은 드물지만 그래도 분명 정신적 타격이 있을 것이다.

그것을 알기에 조금 더 거친 경험을 하게 해주고 싶은 것이었다.

'피와 살, 썩어가는 시체. 그것이 싸움의 종말.'

그녀가 보아온 것은 그것뿐이었다. 그런 광경과 마주치게 되면 지온이 과연 견뎌낼 수 있을까? 그것에서 오는 종말을 온전히 감당할 수 있을까?

이브는 생각을 떨쳐내려 고개를 저었다.

"으윽, 이브! 치사하다!"

아슬아슬하게 절벽에 매달려 있는 지온이 공중에 유유히 떠 있는 이브를 보며 그렇게 외쳤다. 지온의 목소리를 듣자 왠지 지금까지 자신이 고민했던 것이 헛수고인 것 같은 느낌에 눈썹을 꿈틀거리는 이브였다.

"젠장! 나도 마법이란 걸 배우고 말겠어!"

"네 자질로는 백 년이 지나도 무리다."

반박할 수 없는 말에 지온은 전신의 힘이 빠지는 것 같았다. 몸이 기우뚱거리자 다급히 돌의 모서리를 움켜잡고는 안도의 한숨을 내쉬었다.

"으으, 이젠 내려갈 수도 없어."

밑을 바라보자 아찔해졌다. 방어복을 입고 있어도 떨어지면 왠지 죽을 것만 같았다. 충격으로 죽는 것이 아닌 심장마비로 죽을 것이다.

"지온! 너무 늦는 거 아닌가!"

태연하게 돌에 주먹을 꽂아 넣고 휴식을 취하는 바록이었다. 돌이 두부도 아니고 어떻게 저런 기행이 가능하단 말인가?

"어떻게 그런 게 가능한 거지?"

지온의 물음은 허공을 가를 뿐이었다. 바록은 자신의 행동이 아주 대수롭지 않은 것처럼 고개를 갸웃거렸다.

"지온, 강한 줄 알았더니 완전 약골이구만. 검술 빼고는 볼품없어!"

"검술도 볼품없다."

바록과 이브는 지온을 약 올리는 것처럼 말했다. 확실히 반박할 수 없는 말이었다. 그저 물건들의 힘으로 인해 버텨온 지온이었으니 말이다.

바록은 마스터급 검사인 지온이 어째서 이렇게 약한지에 대해서 별다른 의문을 품지 않았다. 그냥 있는 그대로 동료를 믿는 것이 사나이의 길이라 생각하는 바록이었다.

"으득! 내가 올라가고 만다!"

오기가 생긴 지온은 팔을 벌려 다음 돌을 잡았다. 부들부들 떨리는 손을 움직여 꾸준히 올라가기 시작했다. 방어복은 육체 능력은 전혀 올려주지 않아 지온은 자신의 몸무게를 근력으로 감당해야 했다.

휴식의 종말로 인해 근력이 상당 부분 올랐어도 자신이 여전히 약골처럼 느껴졌다. 바록이 있어서 더더욱 그런 건지 몰랐다.

힘으로만 따져도 지금으로서는 이브에게 밀리는 지온이다.

"후우! 오랜만에 오르니 기분이 좋군!"

"으, 허억! 으윽!"

바록의 한가로운 말에 대답할 수 없을 만큼 지온은 힘들었다. 숨이 턱턱 막히고 온몸이 땀범벅이 되었다. 부들부들 떨리는 손으로 간신히 몸을 지탱하고 있는 처지였다.

"음, 저기 저 새들도 즐거워 보이는군."

"조금 큰 새로군."

바록과 이브의 대화가 귀에 들어온 지온은 힘겹게 고개를 돌렸다. 지온의 눈에도 떼를 지어 몰려다니는 새의 무리가 보였다.

석양이 지기 시작한 하늘을 수놓으며 노니는 새들은 즐거워 보일 만도 했다. 분명 그렇게 생각했다.

"그, 근데 왜 저렇게 큰 거지?"

"마을에서 먹었던 새가 생각나는군."

"아니, 이브! 저걸 잘 봐! 뭔가 새치고는 좀 이상하게 생기지 않았어?"

지온의 말에 이브는 살짝 고개를 끄덕였다.

"확실히 그렇군."

"음?"

바록도 인상을 찡그리며 시력을 돋워 새들을 바라보았다. 바록의 눈이 점점 크게 떠지더니 입이 떡하고 벌어져 버렸다.

"저, 저건 새가 아니다!"

"그렇지? 역시 그럴 줄 알았어."

"미친! 와이번 떼다!"

바록의 외침에 지온은 머리 위에 물음표를 띄웠다. 바록의 표정에 여유가 없어져 버렸기 때문이다. 지온은 고개를 돌려 까맣게 몰려오는 와이번이라는 생물들을 바라보았다.

"그러고 보니 그렇게 불리는 하급 생명체도 있었지. 기분 나쁜 외형을 지닌 놈들이다."

이브의 말이 끝나자마자 급속도로 와이번과 가까워지기 시작했다. 지온의 시야에도 녀석들의 모습이 온전하게 그려졌다.

"공룡?"

익룡에 가깝지 않을까? 전체적으로 날렵한 도마뱀처럼 생긴 체형에 큰 피막 날개가 달린 모습이었다. 어떻게 보면 용과도 같게 생겼지만 흉측한 모습이 그 생각을 한 번에 날려 버렸다.

"왜인지 화가 나 있는 것 같군."

"지온! 빨리 피해야 한다!"

한가로운 이브의 말과는 달리 바록은 다급히 빠르게 몸을 움직이기 시작했다. 멍하니 몰려오는 와이번들을 바라보던 지온도 화들짝 놀라며 바록을 따라 빠르게 옆으로 이동하기 시작했다.

퍼석—

필사적으로 와이번의 시야에 닿지 않게 옆으로 이동했다.

지온이 필사적으로 손과 발을 놀리고 있을 때였다.

쉬이잉! 퍼억!

무언가 지온의 바로 옆으로 날아와 꽂혔다. 거대한 몸체가 지온의 눈에 들어왔다. 촘촘한 비늘을 덮고 있는 와이번이었다.

그 와이번의 머리가 단단한 돌벽을 가루로 만들고 그 안에 꽂혀 있다.

"와, 와이번 폭격이다!"

폭격.

그 말이 가장 잘 어울릴 것이다. 자신의 몸을 날리는 모습은 가히 폭격기라 부를 만했다.

쉬이이이!

바람을 가르는 소리가 들려왔다. 지온은 소름이 돋는 것을 느꼈다.. 석양으로 물들어가는 하늘을 가리며 많은 그림자들이 돌산을 덮었다.

"바록!"

지온이 다급히 바록을 불렀다.

"나를 등에 메!"

"무슨 소리를!"

"어서!"

바록은 지온의 외침에 지온에게 빠르게 다가오기 시작했다. 하지만 지온에게 닿기 전에 와이번이 먼저 이 돌산을 아작 낼 것 같았다.

"젠장!!"

지온은 벽을 박차고 바록에게로 뛰었다. 마치 시간이 느리게 흘러가는 것처럼 모든 광경이 눈에 들어왔다.

허공을 달리고 있는 다리.

뛰자마자 지온이 있던 자리에 꽂힌 와이번.

사방으로 튀는 돌덩어리와 손을 뻗고 있는 바록!

지온은 이를 악물고 바록을 향해 손을 뻗었다.

"큭!"

바록과 지온의 손이 간신히 겹쳐졌다. 한 손으로 지온을 들고 다른 한 손으로 자신의 몸을 지탱하고 있는 바록이었다.

지온은 바록의 손에 매달려 있다가 바록의 몸을 타고 그의 등까지 올랐다.

"좋아! 와이번은 신경 쓰지 말고 도망쳐!"

"알았다! 근데 어디로 가야 하는……."

쾅! 콰아앙! 쾅!

와이번들의 본격적인 폭격이 시작되었다. 거대한 돌산을 울릴 정도로 엄청난 진동이 느껴졌다.

"어디든 빨리! 엘프를 만나기 전에 죽을 셈이야?"

"우아아아!! 그래! 엘프를 만나기 전에 죽을 순 없다!"

지온의 외침에 바록은 기합을 넣으며 돌벽을 타기 시작했다. 바록의 목에 매달려 있는 지온은 방어복에 붙어 있는 수건을 변형시켜 긴 천으로 만들었다. 재빨리 바록의 몸과 자신을 묶고 등과 등을 마주 보는 형태로 만들었다.

"우오오오오!!"

바록은 엄청난 체력을 자랑하며 돌벽을 올랐다.

쉬이잉! 퍽!

바록에게로 와이번이 꽂혀 들어왔지만 도리어 튕겨져 나갔다. 바록의 등에 매달린 지온의 몸에 맞고 튕겨져 나간 것이다. 방어복의 방어를 뚫지 못하고 와이번은 오히려 목이 부러져 저 밑으로 떨어져 내렸다.

"좋아! 얼마든지 와라!"

"우오오오오오!! 엘프!!"

눈이 뒤집힌 바록은 거의 광전사를 방불케 했다. 벽에 손가락을 박아 넣고는 거미처럼 움직였다. 무언가 강렬한 의지가

기적을 만들어내는 광경을 지온은 몸소 느끼고 있었다.

"바록! 올라가지 말고 내려가야 해!"

"우오오오! 우워워워!!"

"바록?"

지온의 말이 바록에게는 전혀 들리지 않았다. 초인적인 힘을 폭발시키는 대신 판단력을 완전히 잃은 바록이었다.

"내려가야 한다고! 정신 차려! 윽!"

와이번이 연속으로 지온의 몸에 부딪쳤다. 벽에 박혀 있던 와이번들도 다시 날아오르며 끊임없이 맹공을 퍼부었다.

돌산이 부서져 내리기 시작했다. 바록과 지온이 오르던 벽이 점점 기울어지고 있는 것이다.

"어?"

이제야 정신을 차린 바록은 지금의 상황이 이해가 되지 않았다.

"우, 우아아악!"

"떨어진다!! 으아악!"

상황 판단이 끝나자 비명을 지르는 바록과 지온이었다. 바록과 지온의 몸이 아래로 떨어지며 그 위로 부서져 내리는 거대한 돌들이 덮쳐왔다.

끼에엑! 쿠엑! 쿠엑!

돌에 맞아 곤죽이 되어 아래로 추락하는 와이번들이 지온의 눈에 들어왔다. 지온은 다급히 허리춤에 손을 뻗어 라이트 세이버를 쥐었다.

부웅!

바로 몸 위로 쏟아지는 돌을 얼떨결에 간신히 베었지만 안심은커녕 제대로 정신을 차릴 수가 없었다. 추락이 가지고 오는 아찔함이 정신을 날려 버리고 있는 것이다.

"우아아악!"

속절없이 바닥에 처박힐 것 같았다.

바로 그때였다.

덥석!

"으윽!"

지온의 발이 공중으로 당겨졌다. 마치 낙하산이 생긴 듯 추락하는 속도도 점점 느려졌다.

"이브?"

이브가 바록과 지온을 들고 안간힘을 썼다. 지온은 안도의 한숨을 내쉬었다.

"살았어! 고마워, 이브!"

어떻게든 산 모양이다. 이대로 바닥에 내려서기만 하면 될 터.

점점 추락하는 속도가 줄어들 즈음이었다.

"마력이 바닥났다."

절망적인 이브의 말이 지온은 도저히 믿기지 않았다. 바록은 거대한 돌에 머리를 맞아 기절해 있었다. 상처가 하나도 없는 것이 신기할 지경이다.

지온은 바록이 뼈와 살로 된 인간이 아니라 강철로 된 기계
가 아닐까 하고도 생각해 본 적이 있었다.

"음, 한계다."

이브가 무표정하게 툭 내뱉었다.

마력장이 깨지는 소리와 함께 셋은 사이좋게 나란히 밑으
로 떨어졌다.

제8장
중앙 광산

"도, 도착이다!"

바록이 주저앉으며 외치자 지온은 살짝 한숨을 내뱉었다. 이곳, 중앙 광산이 굽어보이는 계곡에 올 때까지 보통 고생이 아니었기 때문이다.

여기저기 낙엽과 풀들이 묻어 있는 모습은 굉장히 너저분했다. 돌산에서 떨어지고 숲에서 다양하게 구른 덕분에 지금 지온과 바록의 꼴은 말이 아니었다. 단지 이브만이 평소 그대로의 모습이었다.

"저기가 중앙 광산이군. 제일 깊은 곳까지 들어갈 수 있는 곳이야."

지온이 지도를 보며 말했다. 가장 오기 힘든 곳에 속하긴 했지만 무식하게 돌산을 건너와서 빠르게 접근할 수 있었다. 분지 형태로 다른 광산이 중앙 광산 주위를 감싸고 있는 모양이었다.

나가는 길과 들어오는 길은 지도상 한 군데였지만 새로이 길을 개척했다고 할 수도 있었다. 확실히 이상하리만큼 많은 와이번 떼와 스마트폰이 아니었으면 큰 낭패를 보았을지도 모를 정도의 많은 몬스터가 주변에 포진해 있었다.

"이상하군. 원래 몬스터는 잘 접근하지 않는 곳이었는데… 평원에 사는 오크들도 보이고 말이야."

"몬스터들도 뭔가 사정이 있지 않을까?"

"뭐, 단체로 이사를 준비하고 있을지도 모르지."

바록의 말에 지온은 살짝 웃을 수밖에 없었다. 어쨌든 지금은 광산 안으로 들어가기 위해 입구를 찾아야 했다. 얼마 가지 않아 레일이 깔려 있는 동굴이 보였다.

"지온, 이쪽인 것 같군. 마력의 흐름이 느껴진다."

"음, 생각보다 쉽게 찾았는데?"

이브가 그렇게 말한다면 확실한 것이 틀림없었다. 지온은 먼저 앞서서 광산 안으로 들어갔다. 탁한 공기가 인상을 찡그리게 했지만 호흡에는 별다른 문제가 없었다.

이브가 빛의 구를 소환하자 박쥐로 보이는 것이 퍼드덕거리며 날아가 버렸다.

"근데 아무런 장비 없이 마정석을 구할 수 있을까?"

"마정석이 보이면 바로 뽑아버리면 되지!"

"하긴 바록 네가 있었지."

지온은 바록이라면 인간 굴착기라고 불러도 무리가 아니라고 생각했다. 실종 사건 이후로 광산에는 출입이 금지되어 있어 사람의 기척은 전혀 느껴지지 않았다.

갑작스러운 몬스터들의 이상 활동에 대한 대대적인 조사가 이루어져야 하겠지만 실종 사건도 겨우 하급관리나 파견하며 생색낼 정도였으니 언제 이루어질지 미지수였다.

"오, 지온, 이걸 봐. 그러고 보니 어렸을 때 이런 것과 비슷한 걸 본 적이 있지."

바록이 손가락으로 가리킨 것은 철로 된 레일 위에 세워진 네모난 상자와 비슷한 수레였다. 바퀴가 달려 있어 레일을 위로 지나가게끔 설계되어 있었다.

지온도 어렴풋이 만화 같은 데에서 본 기억이 났다.

"여기에 올라타서 이렇게 레버를 당기면……."

바록이 수레에 올라서서 레버를 당기자 수레의 바퀴가 조금씩 움직이기 시작했다.

"마력으로 움직이는 거군. 꽤나 편리해 보인다."

이브의 말대로다. 보통 인력으로 움직이는 수레와는 달리 충전되어 있는 마력이 수레를 움직이고 있었다.

바록이 타고도 크게 자리가 남을 만큼 수레는 거대했다. 이브가 말없이 올라타자 지온은 잠시 망설이다가 하는 수 없이 수레에 올랐다.

이것이라면 굳이 걷지 않아도 광산 깊숙이까지 갈 수 있을 것 같았기 때문이다.

"근데 이거 위험하지 않을까?"

"위험하니까 재미있는 거지."

지온의 조심스러운 말에 바록이 태연하게 대답했다.

"오오, 지온, 봐라. 속도 조절까지 할 수 있다."

수레 앞에 붙어 있는 레버는 아주 간단하게 일직선으로 파여 있는 홈에 붙어 있었다. 위로 당기면 속도가 올라가고 아래로 당기면 속도가 내려가며 브레이크가 걸리는 식이었다.

"바록, 함부로 당기지 마. 그러다가 고장이라도 나면 큰일이잖아?"

"하하, 걱정도 많군. 지온, 철의 도시 메로칸의 발명품들은 그렇게 약하지 않다. 봐라. 이렇게 강하게 밀어도······."

터억!

위로 강하게 밀자 톱니바퀴가 걸려드는 소리와 함께 속도가 점점 빨라지기 시작했다.

"어때? 이래도 멀쩡하······."

콰지직― 텅!

"······."

"······."

스파크가 튀며 레버가 공중으로 솟아오르더니 분해되어 버렸다. 아이러니하게도 공중으로 치솟은 레버가 뒤에 레일 옆에 세워진 버튼을 스치고 지나갔다.

철컥—

교차된 지점의 레일이 움직이며 나아가는 방향이 바뀌어 졌다.

덜컹— 덜컹— 더더더더—

리미트가 풀린 듯 바퀴의 회전은 미칠 듯이 빨라지기 시작했다. 레버가 폭발하면서 브레이크까지 망가져 버려 수레의 속도를 방해하는 존재는 그 무엇도 없었다.

"빠, 빨리 내려!"

"그, 그래! 그러는 것이 좋겠다!"

"음!"

지온의 말에 바록과 이브는 수레에서 뛰어내리려고 했지만,

쉬익—

마침 아주 좁은 길로 들어서 버렸다.

"괘, 괜찮아! 아직 그렇게 속도가 빠르지 않아! 뒤로 뛰어내리면……."

"지온! 앞을 봐라!"

지온은 뒤를 바라보고 있다가 이브의 외침에 앞을 바라보았다. 앞에는 그 무엇도 존재하지 않았다. 검은 벽만이 보일

뿐이었다.

위험 등급 1레벨, 봉인 지역—급경사 주의.

아주 잠깐, 그렇게 쓰인 표지판이 지나간 듯한 기분이 들었
다. 지온의 시선이 점점 밑으로 내려갔다.

"꽈, 꽉 잡아!"

자동적으로 그런 외침이 튀어나올 수밖에 없었다. 앞이 막
혀 있는 것이 아니었다. 말도 안 되는 경사를 자랑하는 내리
막길이 바로 밑에 펼쳐져 있는 것이었다.

투두!

"으, 으아아악!"

"사, 사람 살려!"

"크, 크으!"

속도는 이미 앞을 못 내다볼 만큼 가속되어 있었다. 본래대
로라면 레버를 가장 최하위로 두어 브레이크를 잡고 내려가
야 하는 것이지만 바룩의 뛰어난 활약 덕분에 속도 제어 장치
까지 박살 나버려 계속해서 가속 중이었다.

"지, 지, 지오오온!! 어떻게 좀 해봐!!"

"내가 어떻게 하라고!! 으, 으아악! 저건 뭐야!"

좁은 내리막길이 끝나고 펼쳐진 것은 날카롭게 삐져나온
각종 광물들이었다. 아슬아슬하게 머리 위를 스쳐 지나가는

광물들의 모습에 지온은 식은땀을 흘렸다.

"이브! 마법으로 어떻게 할 수 없는 거야?"

"…빠르군. 우욱!"

멀미가 나는지 입을 부여잡고 고개를 숙인 이브였다. 굽이굽이 나 있는 레일을 따라 달리던 수레가 한차례 튕겨져 올랐다. 속도를 이기지 못하고 수레가 반동으로 튕겨져 오른 것이다.

"이러다 진짜 죽겠어!"

쾅— 드드득!

벽에 부딪치며 크게 흔들리던 수레는 천만다행으로 다시 레일 위로 안착했다.

안도의 한숨을 돌리는 소리가 울려 퍼졌다. 지온은 부들거리는 손으로 간신히 수레를 붙잡으며 앞을 바라보았다.

"다, 다행이다! 오르막길이야!"

수레는 빠른 속도로 오르막길을 오르기 시작했다. 정점에 이를 때쯤에는 속도가 완전히 죽어 완전히 안심할 수 있겠다고 생각했다.

"이, 이제 멈춘 거야?"

"그, 그런 것 같아. 근데 뭔가 뜨거워지고 있는 것 같지 않아?"

"음, 더워진 것 같긴 한데. 지, 지온! 다, 다시 내려간다!"

오르막길이 있으면 내리막길도 있는 법이다. 이미 바닥에

쭈그리고 앉아 있는 이브를 보니 마법을 기대를 할 수 없을
것 같았다.

지온은 거의 포기하는 심정이 되어버렸다. 레일이 없어질
때쯤에는 튕겨져 나가 박살 나지 않을까?

지지직— 쾅!

"또 뭐야!?"

폭발음과 함께 무언가가 수레에서 떨어져 나갔다. 그와 동
시에 속도가 점점 죽기 시작했다. 지온은 방금 떨어져 나간
것이 배터리 같은 에너지원이라 생각했다.

"다행이다. 죽으라는 법은 없구나!"

"우와! 지온! 앞을 봐. 용암 지대야!"

바록의 말대로 눈앞에는 꽤나 웅장한 용암 지대가 형성되
어 있었다. 이제는 일자로 뻗어 있는 레일 밑으로 강처럼 흐
르는 용암이 펼쳐져 있었다. 화끈한 열기가 온몸으로 느껴졌
다.

"으, 음, 멈춘 건가?"

이브가 비틀거리며 일어나 주위를 둘러보았다. 수레의 속
도는 완전히 멈춰 어느덧 일자 레일의 정중앙에 멈춰 섰다.

"강한 화속성 마력이 느껴지는군. 이건 화속성 마정석이
내뿜은 기운에 의해 광물이 녹은 것이다."

"그래서 저런 황금빛이구나."

이브의 설명에 지온은 감탄하며 고개를 끄덕였다. 이런 상

황에서 감탄할 일은 아닌 것 같았지만 어느새 지온도 이런 상황이 평범하게 느껴질 만큼 숙달되어 버렸다.

"으앗! 뜨거!"

특수한 재질로 만들어진 레일은 녹지 않았지만 그 열이 수레에 전달되어 수레가 점점 달구어지고 있었다.

"빨리 빠져나가야겠어. 여기 있다가는 통구이가 될 거야."

"그럼 아까 그 입구로 돌아가야 하나?"

"그 편이 낫겠지."

레일을 따라간다면 수레를 타기 전 입구에 도착할 수 있을 것이다. 그렇게 생각하고 수레에서 내리려던 지온은 바닥에서 무언가 솟아오르는 것을 보고 움찔했다.

"저건 뭐지?"

용암처럼 생긴 것이 솟구쳐 오르더니 레일 위에 내려섰다. 진득한 액체가 부르르 떨며 흐느적거리고 있었다.

"슬라임?"

바록의 말에 지온은 고개를 갸웃했다. 슬라임이 왜 저런 말도 안 되는 고온을 내뿜으며 용암 같은 몸을 지니고 있단 말인가.

"마정석을 많이 먹은 슬라임이군. 지온, 기뻐해라. 아무래도 이 광산의 마정석은 품질이 좋나 보군. 저런 하찮은 미물의 근본을 변하게 할 정도이니 말이야."

"기뻐해야 하는 건지 잘 모르겠는데… 저거, 이쪽으로 다가오는데?"

레일을 타며 점점 수레 쪽으로 다가오기 시작했다. 지온이 기겁하여 라이트 세이버를 뽑으려고 할 때, 이브가 앞으로 나서며 손을 뻗었다.

슈잉!

열기를 가르고 얼음 화살이 날아가 땅에 박혔다. 한순간 일대의 땅이 얼어붙자 슬라임이 흠칫 움직임을 멈췄다. 얼음은 열기 때문에 금세 사라졌지만 슬라임은 움찔거리며 더 이상 다가오지 않았다.

"대단한데, 이브?"

"이 정도는 보통이다."

바록의 말에 살짝 어깨를 으쓱한 이브였다. 지온은 생각보다 슬라임이 쉽게 물러나자 안도의 한숨을 내쉬었다. 저런 게 덤비기라도 하면 도저히 감당이 안 될 것 같았기 때문이다.

"하하하! 저런 것이 하나라서 다행이군! 떼로 덤비면 아무리 나라도 곤란하거든!"

슝슝슝!

바닥에서 동그란 액체가 마구 튀어 올랐다. 벽에 부딪치기도 하고 다시 바닥으로 떨어졌지만 대부분이 레일에 안착했다. 그 숫자는 가늠하기 힘들 지경이었다.

"바록, 앞으로 입조심해라."

"으, 읍!"

이브가 노려보며 말하자 바록은 자신의 입을 손으로 막고는 황급히 고개를 끄덕였다.

"진짜 그냥 평범하게 마정석을 구하면 안 되나? 왜 평범할 수가 없는 거지?"

"지온, 그것이 운명이라 생각해라."

"아니, 내 운명은 이렇지 않았을 거야. 분명."

마음에 금이 가기 시작한 지온은 눈앞에 장면을 부정이라도 하려는 듯이 고개를 세차게 저었다. 하지만 수십의 슬라임은 꿈틀거리며 위협적으로 다가올 뿐이었다.

속도가 그렇게 빠르지 않은 것이 다행이었다.

"바록! 탈출한다! 수레를 밀어라!"

"아, 알았어!"

이브의 단호한 명령에 바록은 수레에서 내려 두 손으로 수레 뒤를 잡았다.

트특— 트드드득—

바록의 근육이 꿈틀하더니 수레가 움직이기 시작했다. 브레이크가 고장 난 수레는 바록의 힘으로도 아주 가볍게 움직이기 시작했다. 지온과 이브의 몸무게 따위야 바록에게는 아무런 문제가 되지 않았다.

치지지직!

"으, 으악! 저게 뭐야!"

"왜, 왜 그래, 지온?"

슬라임이 한데 뭉쳐 거대한 구로 변해갔다. 황금색으로 빛나는 구는 마치 화라도 난 듯 표면이 일그러지며 천천히 꿈틀거리기 시작했다.

"바, 바록! 온 힘을 다해 밀어!!"

"오옷! 맡겨둬! 그런데 뒤에 슬라임 말고 뭐가 있어?"

"그냥 밀어!!"

지온의 다급한 외침에 바록은 온 힘을 다해 밀기 시작했다. 전신의 근육이 꿈틀거리더니 인간의 힘이라고는 도저히 믿기지 않을 만한 파워가 뿜어져 나왔다.

"우오오오!!"

거대 용암 슬라임이 볼링공처럼 돌격해 온다. 바록은 등 뒤로 느껴지는 뜨거운 느낌에 일이 잘못되어 가고 있는 것을 깨달았다.

"우, 우오오오오!"

"힘내! 바록!"

지온은 거대 용암 슬라임의 몸에 닿는 모든 것이 녹아내리는 것을 보고 기겁했다. 저런 것에 말려들어 갔다가는 방어복의 취약 부분인 손과 얼굴에 스며들어 와 죽을 것이 분명했다.

"바록, 여기서 포기하면 인기 있는 남자가 될 수 없다."

이브의 말이 바록의 근육의 한계를 끊어버렸다. 메로칸에서 당한 서러움이 한 번에 밀려와 바록의 근력을 한계 이상으로 끌어올렸다.

"나는 인기 있는 사나이 바록이다!!"

쿵! 쿵! 쿵!

속도가 더욱 붙기 시작했다. 거대 용암 슬라임의 속도도 빨랐지만 바록이 만들어낸 속도가 더더욱 빨랐다. 바록은 거의 눈이 뒤집힐 정도로 무섭게 수레를 밀고 있었다.

"돼, 됐어!'

거대 용암 슬라임의 모습이 멀어지는 것을 보고 지온은 다리에 힘이 풀려 주저앉아 버렸다. 이브는 다시 멀미가 나는지 구석에 쪼그리고 있었다.

"으, 으! 지친다."

거대 용암 슬라임의 몸이 기우뚱하더니 바닥으로 완전히 떨어져 버렸다.

"이제 안전해."

지온의 말에 바록은 수레 난간에 매달려 겨우 숨을 몰아쉬었다. 수레의 속도가 줄어들자 이브는 멀미가 가셔 주위를 볼 여유가 되었다.

지온과 바록이 빙긋 웃으며 안심하는 모습을 보다가 앞쪽을 바라보았다.

그녀의 표정이 살짝 굳어졌다. 이상함을 감지한 지온이 이브를 바라보자 이브가 입을 떼었다.

이브의 대답은 지온의 기대를 배신하지 않았다.

"지온, 레일이 끊겼다."

"뭐라고?"

지온이 다시 묻기 전에 수레가 비틀거리더니 앞으로 쏠리기 시작했다. 수레 뒤 난간에 매달려 있는 바록의 몸이 붕 뜨고 지온 역시 부유감을 느꼈다.

"으아아악!"

지온과 바록, 그리고 이브는 빠른 속도로 밑으로 떨어지기 시작했다.

아무것도 보이지 않은 어둠 속으로 떨어지고 있는 것이다.

『섬광의 세이버』 2권에 계속…

THE KNIGHTS OF SQUARE

아더왕과 각탁의 기사

홍정훈 판타지 장편 소설

『**비상하는 매**』의 신선함, 『**더 로그**』의 치열함,
『**월야환담**』의 생동감.

그 모든 장점을 하나로 뭉쳐 만든 홍정훈식 판타지 팩션!

아더왕과 원탁의 기사.

전설의 검 엑스칼리버의 가호 아래 역사에 길이 남을 대왕국을 건설한
위대한 왕과 그의 충직한 기사들.

"…난 왜 이리 조건이 가혹해?!"

그 역사의 한복판에 나타난 이질적 존재, 요타!
수도사 킬워드의 신분을 빌려 아트릭스의 영주가 되어 천재적인 지략과 위압적인 신위를 휘두르며
아더왕이 다스리는 브리타니아에 정면으로 반기를 든다!

전설과 같이 시공을 뛰어넘어
새로운 아더왕의 이야기가 우리 앞에 나타난다!

Book Publishing CHUNGEORAM

유행이 아닌 자유추구 -
WWW.chungeoram.com

시공을 달리는 자

R U N N E R

임영기 장편 소설 런너

내 꿈은
21세기 나의 제국에서 그녀와 함께 사는 것이다

나는 전쟁의 신이며 또한 전능자(全能者) 런너다.

이제 내 행동은 역사가 되고 내 말은 법이 될 것이다.

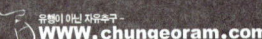

Book Publishing CHUNGEORAM

유행이 아닌 자유추구 -
WWW.chungeoram.com

귀환인 歸還人

김동신 퓨전 판타지 소설

모든 마수의 왕 베히모스.

그의 유일한 전인 파괴의 마공작 베르키.
마계를 피로 물들이고 공포로 군림했던 그가
드디어… 꿈에 그리던 한국으로 돌아왔다.

**"친구들아,
나 권태령이 드디어 돌아왔어!"**

피로 물들었던 마계의 나날을 잊고
가족과도 같은 친구들과 지내는 생활,
그 일상을 방해하는 자들은 결코 용서치 않는다!

살기가 휘몰아치는 황금안을 깨우지 말라!
오감을 조여오는 강렬한 퓨전 판타지의 귀환!

Book Publishing CHUNGEORAM

유행이 아닌 자유추구 -
WWW. chungeoram.com

十劍哀史

십검애사

설봉 新무협 판타지 소설

『사신』, 『마야』, 『패군』

무협계를 평정한 성공 신화를 계승한다.
한국무협을 대표하는 작가 설봉!
그 새로운 신기원을 열다!

『십검애사』

잠들어 있던 열 개의 검이 깨어나는 날,
전 중원에 피바람이 몰아친다.

유행이 아닌 자유추구 -
WWW.chungeoram.com
Book Publishing CHUNGEORAM